「あら？ 束縛はしないんじゃないのかしら？」
「だ、駄目っ！ 触るのは禁止！ 唯乃ちゃんでも！」
灰原くんの強くて
青春ニューゲーム
haibarakun no tsuyokute seisyun newgame
JN021817

夏希や美織と
同じ中学に通う
中学三年生
山野 沙耶
▶やまの さや
軽音部に所属する
音楽好きな
美織の友人
本堂 芹香
▶ほんどう せりか

美織をよく知る後輩女子から
語られる過去、それは——
学園内でも美少女
として多くに知られる
夏希の彼女
Hikari
星宮 陽花里
▶ほしみや ひかり
凛とした雰囲気の
美少女で陽花里の
幼馴染（保護者）
Yuino
七瀬 唯乃
▶ななせ ゆいの
バスケが大好きな
元気で明るい
みんなのムードメーカー
Uta
佐倉 詩
▶さくら うた
バスケ部所属の
見た目も性格もやや
パワー系男子
Tatsuya
凪浦 竜也
▶なぎうら たつや

後ろから、誰かに抱き着かれた。

声だけで、それが誰なのか察してしまう。

今、一番会いたくない人だった。

だけど、一番会いたい人だった。

「――美織！」

灰原くんの
強くて青春ニューゲーム6

雨宮和希

HJ文庫
1127

口絵・本文イラスト　吟

▶contents

▼序章　いなくなれ

——もう、認めないわけにはいかない。

分かっている。私はどうしようもなく、灰原夏希《はいばらなつき》が好きだ。

気づいた時にはもう遅《おそ》くて、私は夏希の背中を押《お》した。彼《かれ》の恋《こい》に協力した身として成功を願った。けれど失敗してほしいと思わなかったと言えば、それは嘘《うそ》になる。

夢に見た。夏希が、陽花里《ひかり》ちゃんに振《ふ》られて、どんよりと落ち込《こ》みながらも私のところに帰ってきて、愚痴《ぐち》を吐《は》く姿を見て、「仕方ないなぁ」って慰《なぐさ》めている場面を。

「私が責任取るよ」なんて言って、驚《おどろ》く夏希の顔を見てくすりと笑って、みんなには内緒《ないしょ》でこっそりと付き合い始めて、夏希も満更《まんざら》じゃなさそうで——馬鹿、みたいだ。

そんな未来が訪《おとず》れるわけないのに、ちょっとだけ期待していた。

結局、夏希は陽花里ちゃんへの告白が成功して、幸せそうに日々を過ごしている。

嬉《うれ》しいことのはずなのに、祝うべきことのはずなのに、胸が張り裂《さ》けそうなぐらい苦しくなって、涙《なみだ》が出そうになって、愚《おろ》かな自分からずっと目を逸《そ》らし続けた。

誰《だれ》でもいいから、私の気持ちを変えてほしかった。

だから怜太《れいた》くんは、そんな私の逃《に》げ場《ば》だった。

怜太くんのことを好きになれば、もう苦しまなくて済むと思った。

そんな後ろ向きな考えで、怜太くんと過ごす時間を増やした。きっと鋭《するど》い怜太くんは私の心境に気づいていると思う。それでも、怜太くんは私を受け入れてくれた。

お昼は一緒《いっしょ》に食べて、部活後は一緒に帰って、休日は一緒に遊んだ。

怜太くんは、とても優《やさ》しい人だった。かっこよくて、勉強も運動もできて、気遣《きづか》いもできて、トークも面白《おもしろ》くて、笑顔《えがお》が可愛《かわい》い。一緒にいて、居心地《いごこち》の良い人だった。

怜太くんと付き合うことで、周りにも羨《うらや》ましがられた。

――だけど私の気持ちは変わらなかった。

いつの間にか目で追いかけているのは、やっぱり幼馴染《おさななじみ》の男の子だった。

この気持ちを消すために、しばらくは夏希に会わないようにしよう。

そう思っていたのに、球技大会の実行委員のせいで強制的に関わることになって、いざ話せると思ったら幸せな気持ちになって、こっそりと内心で舞《ま》い上がって、陽花里ちゃんには申し訳ないと思ったけど、実行委員で一緒なんだから仕方ないよね、と言い訳をしながら、夏希の傍《そば》にもう一度戻《もど》ろうとした。私には、抗《あらが》いがたい誘惑《ゆうわく》だった。

挙句の果てには、足が痺《しび》れたと嘘をついて夏希に抱《だ》き着いた。
それが陽花里ちゃんと怜太くんへの裏切りになると分かっていながら。
……もう、本当に、夏希に関わるのはやめよう。
私の恋心《こいごころ》は少し前から暴走していて、自分でも自分が何をするか分からない。
ずるい女だ、私は。最悪の人間だ。みんなに合わせる顔がない。
だから、もう二度と、こんな真似《まね》はしないと決意した。
今なら、まだ大丈夫《だいじょうぶ》。私がちゃんとこの気持ちを抑《おさ》え込めばいい。
それだけですべてが解決すると、そう思っていた時だった。
「あんたが灰原くんに抱き着いたところを見たって子がいるんだけど、本当？」
何の反論の余地もなかった。
――悪いのは、すべて私だった。

▼第一章　元通りの日々

球技大会の翌日。

すでに夜は深まっていた。秋の肌寒《はださむ》い風が前橋駅の南口を駆《か》け抜《ぬ》けていく。

ここにいるのは芹香《せりか》と俺《おれ》と、もうひとり。

ぴょんとカールした毛先が特徴的《とくちょうてき》な、ボブカットの少女だ。

「──お久しぶりっす、灰原先輩《はいばらせんぱい》！　山野沙耶《やまのさや》っす。よろしくお願いしまっす！」

芹香に紹介《しょうかい》された新しいバンドメンバー候補は、俺の知り合いだった。

「え？　久しぶりってことは、知り合いなの？」

芹香が驚いたように呟《つぶや》く。どうやら知っていたわけじゃないらしい。

驚いているのは俺も同じだ。俺の数少ない昔の知り合いが、こんな場面で登場するとは思わないだろ！　意外と世間は狭《せま》いらしい。まあ、友達と呼んでいいのかどうかは分からないんですけどね。というか友達ではなかったな……あ、なんか悲しくなってきた。

「そうっす！　あたし、灰原先輩と中学同じなんで！」

勝手に落ち込んでいる俺とは裏腹に、元気よく返事をする山野。

「あー、なる」と、得心したように芹香は頷《うなず》いた。そのまま言葉を続ける。

「それはすごい偶然《ぐうぜん》だね」

「いや、もちろん文化祭ライブを見た時から、灰原先輩がボーカルやってるってことは分かってたんで、偶然ではないっすよ。すみません、説明してなくて……。むしろ、灰原先輩がいるから、このバンドに入りたいって思った部分も一割ぐらいはあるっす」

「……いや、一割しかないのかよ」

驚きから復活したので、どうにか二人の会話に参入する。

まさか、山野とここで再会するとは思わなかった。

一周目の人生では、中学を最後に一度も会わなかったはずだ。今は気さくに話しかけてきている山野だが、こいつは誰にでもこういう感じの態度を取っているだけだ。

別に仲が良かったわけじゃない。あえて会うような理由もなかった。

多分、うちの高校には進学してないと思う。俺が知らないだけかもしれないけど。

……俺たちの文化祭ライブで、山野の進路が一周目と変わった？

山野の進学はこれから先の話だけど、その可能性はあるな。

まあ、こんなことを考えても仕方ないんだけど。

タイムリープをしている以上、俺の行動が本来の歴史を変えていくのは当然だ。

そこを気にしていたらキリがないし、青春の色を変える俺の目的も果たせなくなる。

「あははっ、残りの九割は芹香先輩の存在っすよ！　もちろん！」

山野は悪びれた様子もなく、俺の突《つ》っ込みを肯定《こうてい》する。相変わらずだな。

こいつは昔からこういう奴《やつ》だった。誰に対しても、どんな状況《じょうきょう》でも嘘をつかない。

「それにしても灰原先輩。文化祭で見た時は目も耳も疑ったっすよ。どう見ても灰原先輩じゃない人が、自己紹介でボーカルの灰原夏希《なつき》って名乗ってるんすから。イメチェンにも程《ほど》があるんじゃないっすか？　しかもめっちゃ歌上手《うま》いし。マジでびっくりしたっす」

山野は嬉々《きき》とした様子で、俺の背中をバシバシ叩《たた》いてくる。痛いよ。

「そんなに昔と違《ちが》うの？」

きょとんとしている芹香の問いに、山野は頷く。

「昔はもっとこう、陰《かげ》……じゃなくて、闇《やみ》のオーラを醸《かも》し出してたっすね」

あのさぁ……言葉を選ぼうとして選べてなくない？　闇って何？　俺、中二病なの？

「俺は高校デビューだからな」

ため息をつきながら、山野の言葉を補足する。

自分から説明するのは、結構恥《は》ずかしいので勘弁《かんべん》してほしい。

「そういえば、美織《みおり》からもそんな話を聞いた気がする」

芹香はどうでもよさそうな感じで呟き、「まあいいや」と話を切り替《か》える。

「とにかく知り合いなら丁度いい。紹介しなくて済むから」

そんなに興味がないなら説明しなくてもよかったじゃん！　俺の内心の嘆《なげ》きは芹香には
まったく届いていないのだろう。芹香はいつも通り、淡々《たんたん》と言葉を続ける。

「今度練習に参加してもらって、トライアウトをするつもり。問題ないよね？」

「ああ、もちろん」と頷く。

かなり驚いたけど、別に異論はない。

そもそも、まったく知らない人よりは知り合いの方が断然ありがたい。

友達は少しずつ増えてきているけど、本質が人見知りなのは変わらないので……。

「てかまあ芹香が気に入ったんだったら、反対する理由はないけどな」

俺や鳴《めい》よりも、はるかに芹香の見立ての方が正確だろう。

「まあ、一応ね。逆に、沙耶としても一度やってから決めた方がいいだろうし」

「それはそうか。なんか思ってたのと違うって可能性もあるからな」

今は入りたいって言ってくれているけど、いざ練習したら失望する可能性はある。

主に俺のギターとか。文化祭の出来栄《ば》えは奇跡《きせき》ですからね。フフフ。

「──あ、ごめんなさい！　あたし、そろそろ電車の時間っす！」

ふとスマホを見た山野が慌《あわ》てたように叫《さけ》ぶ。

腕時計《うでどけい》を見ると、俺も予定していた電車が来る三分前だった。まあ山野は俺と同じ中学なので帰る方向は一緒だし、そりゃ乗る電車も同じだよね。

「じゃ、今日のところはこれで。またね、二人とも」

ばいばい、と手を振る芹香。

「ああ、またな」

「先輩、同じ電車っすよね？　行きましょう！」

俺たちは芹香に背中を向け、駆け足で駅のホームに向かう。

階段を降りると、ちょうど目的の電車が到着《とうちゃく》したところだった。山野と共になだれ込んでいき、扉《とびら》が閉まったところで、「ふーっ」と息を吐きながら額の汗《あせ》を拭《ふ》いた。

通勤時間帯よりも遅いこともあり、電車はガラガラだ。まあ俺たちが高崎駅から乗っている私鉄は、通勤時間帯でも大して混むことはないんですけど……。だから大学時代に東京の電車に乗るようになって、真の混雑というものを体で理解したよね。

「えーっと。とりあえず座《すわ》るっすか？」

山野の言葉に「そうだな」と頷き、座席に並んで座る。

……一息つくと、若干《じゃっかん》気まずい。別に仲が良かったわけじゃないから。かと言って、同じ電車で帰るのに距離《きょり》を取る理由はない。そもそも何事もなければ今後は同じバンドで活動していくことになるのだ。仲良くなる必要があるだろう。

何か話題はないか？　やっぱり昔の話が無難か。

隣《となり》に座る山野を一瞥《いちべつ》すると、あの頃《ころ》よりも少しだけ大人びて見える。

山野を最後に見たのはだいぶ前なので、俺の記憶《きおく》が曖昧《あいまい》なだけかもしれないが。

「先輩、さっき高校デビューって言ってたっすよね？」

俺が話題を探《さぐ》っているうちに、山野から話しかけてくれた。

「……ああ。楽しい高校生活を送りたいと思ったから、自分を変えたんだ」

「意外っすね。中学の時の先輩は、そんな考えを持っているようには見えなかった」

中学の時は確かに、自分から他人と距離を置いていた。

「……あの頃の俺はひねくれてただけだ。本当はみんなが羨ましかった」

そんな内心を隠《かく》していた。まあ隠すも何も、そもそも話すような相手がいませんけど。

要は、『ぼっち』ではなく『孤高《ここう》』という自己認識《にんしき》をしていたのだ。

俺は友達がいないわけじゃなく、あえて作ってないだけ。そう、作ろうと思えばいつでも作れるけど、俺はひとりが好きなのだ！　そう自分に言い聞かせていました！

そんな自己弁護にはすぐに限界が来たんですけどね。

「つまり、あたしと一緒に過ごした中学時代は嫌《いや》だったってことっすか?」

山野が不満そうな表情を作って、俺に問いかけてくる。

「そもそも、山野とそんなに一緒に過ごした記憶はないぞ……」

小学校も同じだから、存在自体は知っていた。一学年下の可愛い女の子。

それが山野に対して持っていた認識だ。

だけど俺は山野とほとんど交流のないまま、小学校を卒業した。

山野とまともに会話をするようになったのは、中学二年生になってからだ。

教室に居場所がない俺は、基本的に昼休みは屋上で飯を食っていた。

屋上に繋《つな》がる階段の踊《おど》り場には、使わなくなった机や椅子《いす》が大量に置かれている。それらを乗り越《こ》えれば、扉に鍵《かぎ》はかかっていない。でも、面倒《めんどう》だから普通《ふつう》は近づかない。

『——あれ、先客がいるんすね……って、灰原先輩?』

そんな俺だけの空間だった屋上に、唐突《とうとつ》にやってきた異物が山野だった。

『ひとりになれる場所を探してたんすけど……まあ、先輩ならいいか』

あの台詞《せりふ》は今でも覚えている。つまり、あまりにも俺の影《かげ》が薄《うす》すぎて、実質ひとりというわけだ。いてもいなくても変わらない存在という自覚を強めた事件でしたね(?)。

『どうも、先輩。今日も元気なさそうっすね』

『……やかましい』

ともあれ、それ以来、たまに屋上で一緒に昼飯を食べるようになった。

……一緒に、なんて表現で正しいのか？　同じ空間で昼飯を食べているだけの他人みたいな距離感だったけど。何なら人が横たわれるぐらいの距離が物理的に空いていた。

たまに会話をするぐらいで、基本的に俺たちは黙々《もくもく》と食べていた。

友達と呼べるのかも分からない。ただの知り合い。それだけの関係だ。

「……山野は、ドラムやってたんだな」

「あたしは中学の時も軽音部でしたよ？　まあ、途中《とちゅう》で辞めちゃったっすけどね」

全然知らなかった。

久々の再会だからか、普通に新情報が大量に出てくるな……。

昔の俺が山野に対して、何も聞いていなかったのが原因だけど。まあ中学時代の俺はできる限り人間との交流を避《さ》けていたからな……。山野とも浅い付き合いだった。

山野は聞かない限りは自分のことを語らないし、それは俺も同じだった。

今日の天気とか、つまらない授業とか、ムカつく先生とか、そういう愚《ぐ》にもつかないくだらない話をたまにするぐらいで、その奇妙《きみょう》な関係性が妙《みょう》に心地《ここち》よかった。

だから、俺が卒業するまで続いていたのだと思う。

「先輩こそ、高校からギター始めたんすか？　だいぶ上手かったっすけど」

「お世辞はやめてくれよ……芹香のフォローがないと、聞けたもんじゃないだろ」

「それはちょっと卑下《ひげ》しすぎっすよ。ちゃんと上手かったっすから、自信持って」

「隣で芹香が弾《ひ》いてるのに、自信持つって結構不可能じゃない……？」

芹香が弾いているギターは、もはや俺のギターとは別の楽器だと思いたくなるからね。

普通に心が折れそうになったことも一度や二度じゃない。

「あははっ！　それは確かにそうかもっす！」

からからと笑う山野。あの頃に比べると、表情が豊かに見える。

まさか屋上でしか会わなかった山野と、こんな風に再会するとはなぁ……。

「美織先輩とは最近どうっすか？　同じ高校っすよね？」

急に美織の話になるとは思わなかった。思わず目を瞬《まばた》かせる。

「そういえば仲良かったっけ？」

「はい。家が近所なんで。親繫がりで昔から付き合いがあったっす」

「なるほど。でも、最近どうって言われてもな……」

美織が暗い顔をしていることが増えた気はしている。

何かに悩《なや》んでいることは知っている。でも、詳細《しょうさい》を聞いてはいない。心配だけど、協力者ではなくなった俺が口を出しすぎるのも迷惑《めいわく》かもしれないから。

「……もしかして、喧嘩《けんか》でもしてるんすか？」

山野が神妙《しんみょう》な表情になり、もう一度尋《たず》ねてくる。

「いや、別に……そもそも、最近はあんまり話してないし」

まともに話したのは、球技大会の何日か前に公園でバスケをした時が最後だ。

避けられているようにも感じる。

「小学校の時はあんなに仲良かったのになー。いつも、あの四人で」

……四人、か。残りの二人は、拓郎《たくろう》と修斗《しゅうと》のことだろう。

小学校の頃は、俺、美織、拓郎、修斗の四人でつるんでいた。

リーダーは美織で、俺たち三人は美織の背中を追いかけてばかりだったけど。

「よく覚えてるな。そんな昔のことを」

まあ山野にとってはまだ四、五年前ぐらいの話か。

俺はそこに七年追加されているので、昔の記憶が曖昧なんだよな。

はっきりと覚えているのは一周目の高校時代だけだ。

それより前は、印象的な場面ぐらいしか覚えていない。

「そりゃー覚えてるっすよ。先輩たち、目立ってましたからね」

「でも中学の時はほとんど美織と話してないことも、お前は知ってるだろ」

「高校で仲直りしたって、美織先輩は言ってたっすけど？」

まあ……な。最近はまた、微妙《びみょう》な関係に戻《もど》っているけど。

美織と高校で再度仲良くなった経緯《けいい》を、山野にかいつまんで説明する。

要は俺の高校デビューを美織に手伝ってもらった話だ。

「――そんなわけで俺たちの協力関係は終わった。最近あんまり話してないのは、そのせいだ。クラスが違うし、お互《たが》いに恋人《こいびと》いるし、あえて話すような理由もない」

山野は、複雑そうな表情で俺の話を聞いていた。

「そっか。そういう感じだったんすね。なるほどな……」

ぶつぶつと、何かに納得《なっとく》したように呟いた山野は、じっと俺を見る。

「……ちょっと、意外っすね」

「何がだ？」

「灰原先輩は、美織先輩が好きなんだと思ってました」

さらりと言う山野。……俺が、美織を？　まさか、と笑い飛ばそうとして、なぜか言葉が出なかった。ふと脳裏《のうり》に過ったのは、あの夜に美織を抱き留《と》めた瞬間《しゅんかん》だった。

「その様子だと、満更でもなさそうっすね」

「……友達としては好きだよ、当然。でも、恋はしていない」

首を横に振る。……本当か？　自分の言葉に、自信を感じなかった。

他の友達に向ける感情と若干違《じゃっかんちが》うとは思う。でも、それは幼馴染だから、俺の素をよく知っている相手を、特別に信頼《しんらい》しているのだと思う。――きっと、それだけだ。

「でも、少なくとも、昔は好きだったたっすよね？」

山野の問いかけを受けて、失いかけた過去の記憶を掘《ほ》り起こしていく。

……確かに、今思えば、俺が美織に恋をしている時代はあったのかもしれない。

普通に考えてほしい。昔は男勝《おとこまさ》りな性格だったけど、根本的に容姿は可愛いのだ。

そりゃあんな女子が近くにいたら、たまには好きになることもあるだろう。

それが自然に溶《と》けて消えてしまうような、淡《あわ》い恋心だったとしても。

「小さい頃の話だ。自覚もなかった」

「あ、認めるんすね。へぇ、やっぱり、そうだったんだ～」

山野はにやにやと笑いながら、肩《かた》をつついてくる。顔がうるさい。

「こっそり教えちゃいますけど、美織先輩の初恋《はつこい》も灰原先輩らしいっすよ？」

ささやくように山野は言う。

昔の俺が聞いたら嘘だって断定するけど、今は何となく信じられる。

それに、結局は昔の話だ。

真実であれ、嘘であれ、今に何か影響《えいきょう》するわけじゃない。

「どうでもいいよ。お互いに、今は違うんだから」

過去がどうあれ、俺が好きなのは陽花里《ひかり》で、美織が好きなのは怜太《れいた》だ。

だから、余計なことを考える理由はない。

今更《いまさら》、そんな昔のことを思い出す必要もない。

「……ま、それもそうっすね」

そんな話をしている間に、電車が地元の無人駅に到着する。

山野と一緒に降りたものの、さっそく家の方向が別のようだった。

「じゃ、先輩。あたしはこっちなんで」

「ああ。じゃあ、また。すぐに会うだろうけど」

「そっすね！　先輩にあたしの華麗《かれい》なドラムさばき、見せてやるっすよ！」

にしし、と笑った山野は、ふと神妙な表情に切り替わる。

「──それにしても、先輩、変わったっすね」

「ん？　ああ……中学の時はだいぶ太ってたからな」

「外見じゃなくて、まあ、それもあるっすけど……今言ってるのは中身の話っすよ」

まあ昔の俺を知っている山野からすれば、そういう感想になるだろうな。

「中学の時はもっと、他人を拒《こば》んでたじゃないっすか。興味も持たなかった。あの頃に比べたら、だいぶ接しやすいっす。悪く言えば、人間強度が下がってるっす」

「なんでわざわざ悪く言うんだよ……」

苦言を呈《てい》すると、山野はからからと笑う。

山野の言う通り、中学時代の俺はだいぶ接しにくい人間だったと思う。

中学でぼっちになった俺は、人間不信気味になり、自ら他人を拒むようになった。

オタク趣味《しゅみ》があれば、友達なんかいなくても生きていけると思《おも》い込んでいた。

でも、それは強がりだ。俺が本当に望んでいたのは、友達と笑いあえる青春だった。

だから、地元から少し離《はな》れた場所に進学して、高校デビューを企《くわだ》てたのだ。

「ま、あの頃の先輩は、あの頃のあたしにとっては居心地よかったんすけどね。だから屋上で一緒にいたんすよ？　先輩が、あたしに何の興味も持たなかったから」

山野は昔を懐《なつ》かしむように、遠くを見つめる。

……流石《さすが》の俺も、当時の山野に何か事情があることぐらいは気づいていた。

何の事情もなく、わざわざ埃《ほこり》っぽい机の群れをかき分けた先の屋上で、大して仲良くもない先輩の隣に座って、昼休みを過ごしたりはしないだろう。

一年生のクラスに、浮《う》いている女子がいるという噂《うわさ》を聞いたこともあった。

それが山野だったのかどうかは、俺には分からなかったけど。

「先輩が無言で卒業しちゃったから、言いそびれてたっすけど——」

何をするかと思えば、山野は深々と頭を下げた。

「あの頃は、ありがとうございました。これからも、よろしくお願いします」

そんな真摯《しんし》な態度で感謝されるほど、大したことはしていない。というより、俺は何もしなかったのだ。それが、当時の山野には刺《さ》さったのだとしても。

「……これからもよろしくするとは、まだ限らないだろ？」

「あっはは！　そうでした！　まずはトライアウトに合格しなきゃっすね！」

山野は雰囲気《ふんいき》を切り替えるように、明るく笑った。

「それじゃ、今度こそ帰るっす！　また今度！」

軽く手を挙げて答えると、山野はぶんぶんと手を振ってから、背を向ける。

「……山野、か。懐かしいな」

去っていく背中を見つめながら、改めて呟く。

一周目では、中学卒業以降は山野と出会っていない。

自分の行動を変えれば、思わぬ縁《えん》が復活することもあるわけだ。

……美織の時も同じだったな。

たまたまランニングをしていなければ、入学前に再会することもなかったし、たまたま怜太と一緒のグループに入らなければ、協力関係を結ぶこともなかった。

今の俺があるのは、美織のおかげだ。

自分ひとりでは、俺の青春は灰色のままだった。

そう思うと、このまま美織との距離が離れるのは、やっぱり嫌だ。

俺はあいつにたくさんのものをもらったけど、まったく返せていないのだから。

＊

今日はバイトのシフトが入っている。

眠《ねむ》い授業を、何とか目を開けて乗り切った。

「行きましょう、灰原くん」

「そうだな」

一緒にシフトが入っている七瀬《ななせ》に誘《さそ》われ、教室を出る。

「じゃあねっ！　二人とも！」

陽花里が笑顔で俺たちに手を振ってくる。今日も俺の彼女《かのじょ》は可愛い。

ちなみに今日、陽花里は文芸部の活動がある。最近は文芸雑誌を作っているらしい。小説賞への応募《おうぼ》を活動のメインにしている陽花里だけど、こういう部の活動も息抜《いきぬ》きになるそうだ。昼休みの雑談で、楽しそうに話していた。幸せに生きてほしい。

「いいの？　陽花里は。私が灰原くんと二人で帰っても？」

七瀬はくすりと笑って、からかうように尋《たず》ねる。

まあ……正直、俺もちょっと気になっていた点ではある。

いくら同じグループでも、異性と二人きりなのは、どうなんだろう。

でも同じバイト先に向かうのに、あえて別行動をする理由も特にないんだよな。

それに、「俺は陽花里と付き合っているから、もう二人でバイト先には行かない」とか急に言い出したら、だいぶ感じ悪くない？　というか自意識過剰《かじょう》じゃない？

まあ結局は、陽花里がどう思うかによるんだけどね。

「他の人ならちょっと嫌だけど、唯乃《ゆいの》ちゃんならいいよ。バイト先が一緒なんだし、仕方ないでしょ。……それに、あんまり束縛《そくばく》はしたくないから」

陽花里は説明しながら若干照れてきたのか、最後の方は小声になった。

そんな態度を取られると、俺も照れる。でへへ。

「そう？　じゃあ遠慮《えんりょ》なく」

なぜか七瀬は、俺の手を取って歩き出した。

七瀬に手を引っ張られて、慌てて俺も歩き始める。

「だ、駄目《だめ》っ！」と、手を繋いでいる俺たちの間に、陽花里が割って入った。

「あら？　束縛はしないんじゃないのかしら？」

「触《さわ》るのは禁止！　唯乃ちゃんでも！」

「灰原くんに触っていいのは、自分だけってことかしら？」

「……そ、そういう、ことだけど……？　何か文句ある？　わたし恋人だけど？」

七瀬に反論する陽花里だが、顔が真っ赤なのでまったく迫力《はくりょく》がない。

「おい七瀬、あんまり陽花里をからかうな」

「ごめんなさい。最近は陽花里の反応がとても面白いから」

「まあ否定はしないが……」

「ちょっと否定してよ⁉　夏希くん⁉」

彼氏《かれし》にも裏切られて愕然《がくぜん》とする陽花里が可愛い。

「冗談《じょうだん》よ。灰原くんを取ったりしないから、安心しなさい」

七瀬は拗《す》ねている陽花里の髪《かみ》を撫《な》でる。

「わたしも喫茶《きっさ》マレスでバイトしようかな……」

意外な一言に目を見張る。

陽花里と一緒にバイトかぁ、それもアリですね。

「征《ただし》さんが許可出してくれるか？」

「そ、そこは……頑張《がんば》ってみるしかないけど」

言葉とは裏腹に、弱気になる陽花里。

最近は自分の意見を通せるようになったけど、流石に何でもとはいかないらしい。

「そもそも残念ながら、今はバイトの募集《ぼしゅう》をしていないわね」

「まあホールの人数は足りてるからな……」

「何で夏希くんは、わたしがキッチンに応募する可能性を考慮《こうりょ》しないのかな？」

ずい、と陽花里が顔を寄せてくる。笑顔なのに怖《こわ》いよ？

「いや、だって……ねぇ？」

「陽花里が料理できるなんて情報はないわね」

七瀬と目を合わせて言葉を濁《にご》すと、陽花里は頬《ほお》を膨《ふく》らませる。

「もう、分かったよ。今度夏希くんにお弁当作ってこようと思ったけど、なしね」

「ええっ⁉」

好きな女の子の手作り弁当だと⁉

そんな青春濃度《のうど》の高いイベントが俺に⁉

食べてみたい。そして、あわよくば陽花里とイチャイチャしたい。

この際、味はどうでもいいのだ。不味《まず》くても美味《うま》くても普通でも良い。大事なのは陽花里が俺のために作ってくれることだ。何としてもこの機会を逃《のが》してはならない。

「ご、ごめん！　ぜひ！　何卒《なにとぞ》！　お願いします！　慈悲《じひ》を！」

陽花里の手作り弁当に懸《か》ける想《おも》いが強すぎて、迫真《はくしん》のお願いになってしまった。

「な、なんでそんな必死なの……？」

そんな俺の急変を見て普通に引いている陽花里。グサッと心にダメージ！　つい俺の中のオタクが顔を出してしまったぜ。普段《ふだん》は抑え込んでいるんだけどな……。

「だ、だって、食べてみたかったから……」

「……仕方ないなぁ、夏希くんは。じゃあ、今度作ってきてあげるね」

ふふっ、と笑って、陽花里は約束してくれた。ウオオオオ！　俺が優勝！

「イチャついているところ悪いのだけれど、そろそろ行かないと間に合わなくなるわよ」

冷や水を浴びせるような言葉だった。

しまった、完全に陽花里しか見えていなかった……。

これが二人の世界ってやつか？　まるで俺たちがバカップルみたいじゃないか！

ＴＰＯを弁《わきま》えたイチャイチャを心掛《こころが》けるようにしていきたいですね……。

「そ、そうだよな！　じゃあ七瀬、バイトに行こう！」

「う、うん！　わたしは部活行くから！　また来週ね、二人とも！」

ギクシャクしたやり取りを経て、陽花里と別れる。

陽花里の顔は真っ赤だったが、多分俺も同じだったと思う。

「また来週……ってことは、週末は遊ばないの？」

「ああ。今週末はバンド活動があるし、陽花里も家で小説の続きを書くって」

それに、毎週遊んでいられるほど金に余裕《よゆう》はないからな。現実は常に世知辛《せちがら》いのだ。

「陽花里にとっては良い休養ね。貴方《あなた》と一緒だと心臓が持たないようだから」

「……心臓が持つようにしてもらわないと困るなぁ」

まあ俺も人のことは言えないけど。

実際、好きな人と……恋人と一緒にいるのは、ちょっと疲《つか》れる面もある。

とても幸せだけど、大切な分だけ、緊張《きんちょう》するし、気も遣《つか》うから。

それに、まだ付き合い始めたばかりだから、お互いに距離感を測りかねている部分がないとは言えない。どの段階まで許されるのかなんて、そればかり考えてしまう。

「それだけ愛されているのよ、貴方は。ちゃんと自覚を持ちなさい」

「……分かってるつもりだよ」

「陽花里を悲しませないようにね？」

七瀬の念押《ねんお》しに、俺は頷いて答える。

「当然、幸せにするよ」

「そう、灰原くんならできると信じているわ」

七瀬はくすくすと、上機嫌《じょうきげん》に笑う。

最近の七瀬は、俺たちの様子を観察するのが趣味らしい。

＊

今日のバイトは、午後六時から十時までだ。

現在シフトに入っているのは四人。キッチンは俺と店長で、ホールは鳴と七瀬。

黙々と業務をこなしていたら、九時を過ぎていた。夕食時も終わり、客が途切《とぎ》れたタイミングで一息つく。皿を洗っていると、カウンター越《ご》しに鳴が覗《のぞ》いてきた。

「そういえば、明日は久々のバンド練習ですね」

昨日の俺と芹香の話は、当然RINEのグループチャットで鳴にも共有している。

山野と俺が知り合いということも含《ふく》めて、端的《たんてき》に伝えておいた。

「練習っていうか、メインは山野のトライアウトだけどな」

まあ芹香が認めている時点で、加入は確定しているようなものだが。

鳴もそれが分かっているから、山野の加入を前提に話しているんだろうな。

「その山野さんって、どんな人なんですか？」

「……まあ、明るいタイプかな？　接しやすいとは思うぞ」

まあ説明できるほど、山野のことを知っているわけじゃないけどな。

表面上はグイグイ来るけど、内心はあまり悟《さと》らせないような印象はある。

「あ、明るい……ちょっと怖いですねぇ……」

無難に紹介したはずなのに、鳴は急にビビり始める。

「暗い奴の方が良いのか？」

「いやぁ……それはそれで関わりにくいんで……」

じゃあ、どんな奴がお望みなんだよ。

まあ純粋《じゅんすい》に人見知りしているんだろうけどな。

「誰《だれ》が来たって、岩野《いわの》先輩と比べたら初見の印象は良いだろ」

そう言って肩をすくめると、鳴はぷっ、と勢いよく噴《ふ》き出した。

「よくないですよ夏希！　そんなこと言うなんて！」

「笑うってことは、お前もそう思ってたんだろ？」

「い、いやぁ、そんなことはないですけどねぇ〜？」

鳴は何も聞こえなかったかのように、下手な口笛を吹《ふ》いて目を逸《そ》らす。

「もしかして、バンドの話？」

俺たちの会話を聞いていたのか、七瀬が問いかけてくる。

「ああ。芹香が新しいドラマーを見つけてきたんだ。まだ中三なんだけど」

「そう。本堂《ほんどう》さんが見つけてきたということは、腕《うで》は信頼できそうね」

「問題は僕《ぼく》たちと……いえ、僕と馴染《なじ》めるかどうか、という一点だけですね……ベースがキモいから一緒《いっしょ》にやりたくないって言われたらどうしよう……僕が抜けるか……」

ブツブツとネガティブな妄想《もうそう》を呟いている鳴は、相変わらずだった。

山野はそんなことを言い出す性格じゃないけど、面白《おもしろ》いから黙《だま》っておこう。

「篠原《しのはら》くんは変わらないわね。彼女ができて、少しは自信つくと思っていたのに」

「全然駄目ですよ……いまだに手を繋ぐので精一杯《せいいっぱい》ですし……ＲＩＮＥ一本送るだけでも

めちゃくちゃ緊張しますし……これで正解なのかも分からないし……」

ははは……と、鳴は乾《かわ》いた笑《え》みを浮かべ、どんよりとした雰囲気を纏《まと》っている。

分かるぞ、鳴。俺《おれ》も同じだ。うんうんと頷いていると、七瀬がジト目で俺を見ていた。

「貴方には、そろそろ慣れてもらわないとね？」

「は、はい……」

どうやら、いつまでも恋愛《れんあい》初心者の顔はしていられないらしい……。

「まあ何をやっても上手くこなせるのだから、せめて恋愛ぐらいは下手でいてもらわないとムカつくけれど。でも陽花里は陽花里で駄目な方の妄想系オタク女なのよね……」

ひどい言われようだった。俺も陽花里も。

学校のアイドルである陽花里を妄想系オタク女と評するのは、七瀬しかいない。

まあ、そもそも学校のアイドルが自称《じしょう》という残念な説もあるが……。

三人で雑談をしていると、からんと鈴《すず》の音が鳴る。客が店の扉を開けた音だ。

そっちに目を向けると、うちの制服を着たひとりの女の子が入ってくる。

「あれ……？　鳴、お前の彼女だぞ」

眼鏡をかけた黒髪《くろかみ》の女の子が、ぺこりと頭を下げる。

船山《ふなやま》さんだった。

「え、えええっ⁉」

「動揺《どうよう》してないで、席に案内して来いよ」

目を見開いている鳴の背中を押《お》して、船山さんのところに行かせる。

「な、なんでここに……？」

「えっと、バイトしてるところ、見たかったから……」

そんな微笑《ほほえ》ましいやり取りが聞こえてくる。

お互いに緊張していてぎこちないけど、仲は良さそうで何よりだ。

でも、何だか見ているこっちが恥ずかしくなるな……。

「貴方たちを見ている私の心境が分かった？」

「うるさいな。わざわざ言われなくても自覚ぐらいあるよ……」

俺たちも傍《はた》から見ていたらあんな感じなのかぁ……ちょっと嫌だなぁ……。

「二人とも、幸せそうね。貴方が手助けしたのでしょう？」

「大したことはしてないけどな。元々両想《りょうおも》いみたいなもんだったから」

球技大会の日から付き合い始めたという話だから、まだ二日しか経ってない。アツアツの時期だ。まあ俺たちも付き合って二週間ぐらいだから、人のことは言えないけど。

「……そういう七瀬はどうなんだ？　好きな人とかいないの？」

どこか羨《うらや》ましそうに二人を見ている七瀬に、尋ねてみる。

そういえば七瀬から誰かを好きとか、彼氏が欲《ほ》しいとかの話は聞いたことがない。

「そうね……好き、とまではいかないけれど、気になっていた人はいたわ」

意外な話が出てきて、びっくりする。

七瀬の淡々とした口調は、冗談のようには感じない。

「……いたってことは、過去形なのか？」

「残念ながらね。私は他の子のように、本気の恋《こい》を知らなかったから」

なるほどな……とは思いつつ、ちょっと反応し辛《づら》い。

どこまで触《ふ》れていいのか分からないな、この手の話題って……。

俺から話を振《ふ》っておきながら、返答に詰《つ》まる。

「いつか、見つかるといいな。その本気の恋ってやつ」

結局、出てきたのはそんな台詞だった。月並みで、青臭《あおくさ》い。

七瀬はなぜか俺の額をデコピンで弾く。

「あいたっ！」

「私のことを気にするよりも、貴方は陽花里を大切にしてあげなさい」

七瀬はそう言って、微笑む。

「……言われなくても、そのつもりだよ」

鳴たちの微笑ましい光景を眺《なが》めながら、決意を強める。

そんな雑談をしているうちに、喫茶マレスの夜は更《ふ》けていった。

＊

翌日は土曜日だった。

早起きしてしまったので、暇潰《ひまつぶ》しにランニングと筋トレをする。

休日だし惰眠《だみん》を貪《むさぼ》ろうと思っている時ほど、早く起きるのは何なんだろうなぁ。

「お兄ちゃん、朝ごはんは？」

「食パンでも焼いとけ」

ねだってくる波香《なみか》を適当にあしらってから、シャワーを浴びる。

リビングに戻ると、母さんと波香がいた。結局、母さんが波香の朝飯を用意している。

「夏希も食べるかい？　簡単なものだけど」

俺に気づいた母さんがそう尋ねてきたので、頷《うなず》いておく。

「お兄ちゃんが用意してくれなかったから、ママに用意してもらったよ」

「お前には自分でやるという発想はないのか？」

「あたし、料理できないから！」

そう自慢《じまん》げに宣言する波香が食べているのは、食パンとウインナーと目玉焼きとサラダなので、料理もクソもないというか、サラダ以外は焼いているだけなんだけどね。

「お兄ちゃん、今日は何するの？」

「バンドの活動があるから、もうそろそろ出るよ」

山野のトライアウト兼《けん》バンド練習だ。集合時間は十時となっている。

「あれ？　解散したんじゃなかったんだ？」

「いったんは休止したけどな、再始動することになった」

「確か、ドラムの人が受験で抜《ぬ》けるんだよね？」

「ああ。だから、新しくドラマーを見つけてきたんだ。まだ確定じゃないけど」

「ふーん……良かったじゃん？　まあ、あんまり興味ないけど」

波香はスマホを眺めつつ、淡々《たんたん》と言う。

興味がない人の聞き方じゃないけど、まあ指摘《してき》すると怒《おこ》るだろうな……。

そもそも観客席でペンライトを振っていたのは、なかったことにしたいのか？

「新しいドラマー、俺の一個下で、お前の先輩《せんぱい》だよ」

「うちの中学ってこと？　そういえば軽音部あるよね」

「山野沙耶って知ってるか？」

「あー、うん……名前は、聞いたことあるけど」

奥歯《おくば》に物が挟《はさ》まったような言い方だった。

「名前はってことは、話したことはないのか？」

「うん。関わりはないよ。上級生だし、部活も違《ちが》うからね」

波香は朝食を平らげると、「ごちそうさま」と言いながら手を合わせる。

「でも、そっか。あの人がお兄ちゃんとバンドやるんだ」

ぽつり、と。波香は窓の外を眺めながら呟《つぶや》いた。

「何か気になることでもあるのか？」

妙に思うところがありそうな表情だったので、そう尋ねる。

「んー、別に。……ま、程々《ほどほど》に頑張ってね」

しかし、波香はそう言って自室に消えていった。おい、皿は片付けろ。

「母さん、片付けは俺やるよ」

仕方ないので、母さんに家事の手伝いを申し出る。

「はいはい、助かるよ。お願いね」

一周目は母さんに頼《たよ》り切りだったので、家事はできるだけ手伝っている。

その代わり、波香がどんどんだらしなくなっている気もするけど……おかしいな、一周目は俺の何倍もよくできた妹だったのに、なんか最近は妙にポンコツ感がある。

……もしかして、俺のせいか？　俺が波香をポンコツ化させている？

答えの出ない問いに悩みながら皿洗いを終えると、丁度良い時間になった。

身だしなみを整えて家を出る。

気温は十五度。少し寒いが、今日はコートを着るほどじゃない。

電車に乗り、芹香が予約した音楽スタジオに向かう。

場所は高崎駅から少し歩いたところだった。芹香はよく使うらしい。

「あ、夏希！　おはようございます！」

鳴が俺を見て、ぱぁっと目を輝《かがや》かせる。

部屋の中には、すでに鳴と芹香がいた。それぞれ楽器のセッティングをしている。

芹香はギターに集中しているのか、無反応だった。

「早いな、二人とも」

「久々の練習ですからね！　テンション上がっちゃって！」

べんべんべん、と鳴はベースを適当に鳴らしながら、上機嫌に言う。

「山野はまだみたいだな」

「さっきRINEしたら、もうすぐ着くって言ってたよ」

芹香がスマホの画面を見せてくれる。山野とのトーク画面だった。

『もうすぐ到着《とうちゃく》します！　すみません！』という山野のチャットに対して、芹香はアニメキャラが『まだ？』と怒っているスタンプを連打している。おい、やめとけって！

「先輩がた！　おはよーございます！　すみません！　遅《おく》れたっす！」

バーン！　と勢いよく扉《とびら》を開いて、山野が登場した。

息を切らしている。芹香のスタンプのせいで、慌《あわ》てていたらしい。

「おう」

「おはよ」

俺と芹香は普通《ふつう》に反応したが、鳴はどうやら面食《く》らっている。

「……お、おはようございます……」

「初めまして！　篠原先輩《せんぱい》っすよね⁉　あたし、山野沙耶っす！」

山野は鳴の手を掴《つか》んで、ぶんぶんと上下に振る。握手《あくしゅ》のつもりらしい。

「よ、よろしく……？」

「はい、よろしくっす！　篠原先輩のベース、かっけーっす！　感動したっす！」

笑顔《えがお》で詰め寄る山野と、たじたじの嗚。

どっちが先輩なのか分からないような光景だ。

「はいはい。時間もないし、さっさと始めるよ。準備して」

芹香が手を叩《たた》いて事態を収拾《しゅうしゅう》する。俺もギターとマイクの準備をしないとな。

「よ、陽キャだ……陽のオーラを感じる……でも嬉《うれ》しい……」

嗚は何やらぼそぼそと呟いている。山野に褒《ほ》められたことが嬉しいのか、客観的に見て気持ち悪いと呼べそうな笑みを浮かべていたが、指摘するのはやめておくか……。

「んー、こんな感じっすかね……」

一方、スタジオ備え付けのドラムセットの調整を終えた山野は、手慣れた様子でドラムスティックをくるくると回す。それから唐突《とうとつ》にクラッシュシンバルを鳴らした。

甲高《かんだか》い打音が響《ひび》き、それを合図にドラムソロを始める。

叩いているのは知らない曲だったが、とてもリズム感が良いことは、聞いているだけでよく分かった。確かに上手《うま》い。そして、楽しそうにドラムを叩いている。

……芹香の推薦《すいせん》の時点で心配していなかったが、腕が良いな。

「みんな準備できたら、『black witch』からやろうか。沙耶もできるよね？」

山野のドラムソロが終わると、芹香が提案してくる。

「もちろんっす！　ミシュレフの曲は完全に暗譜しました！」

山野が鼻息荒《あら》く反応する。

「久々だから、ちゃんと指が動くか不安ですね……」

ベースを構えた鳴は、自信なげに呟く。

「それじゃ、スリーカウントで始めるっす。いいっすよね、先輩？」

山野の確認《かくにん》に、頷きを返す。

どうやら一気に通しでやるつもりらしい。

そして曲が始まり、激しいロックサウンドがスタジオに響く。

久しぶりだ。俺の声が、ギターの音色が、曲に絡《から》みついていく感覚。

――山野のドラムはアグレッシブだった。表現豊かで、攻撃的《こうげきてき》な打音が、曲調をより激しく変化させる。とにかく正確で機械的だった岩野先輩とは対照的だ。山野のドラムは俺たちの背中を押す風のように暴れ回るが、決して曲調そのものは乱さない。

岩野先輩がいた時とは、違う。既存《きそん》の曲を弾《ひ》いている気がしない。

これは、また新しい『black witch』になっている。

破天荒《はてんこう》、という言葉がよく似合う。

とはいえ現状、山野とリズムを完璧《かんぺき》には合わせられていない。

岩野先輩がいる時と比較《ひかく》したら、まだまだ曲のクオリティが高いとは言えない。だけど、ポテンシャルを感じる。もっと良い演奏ができるという確信がある。

「……ど、どうっすか？　ミスったとこもあるっすけど」

演奏が終わった直後、山野は珍《めずら》しく不安そうに問いかけてきた。

曲の最中はあんなに楽しそうに叩いていたくせに、そのギャップが面白い。

「あっ！　な、なんで笑うんすか⁉　こっちは真剣《しんけん》なんすよ！　トライアウトってことでめちゃくちゃ練習してきたんすから！　それとも、あたし下手だったっすか⁉」

わたわたと動揺している山野。芹香が俺たちに視線をやる。

「……どう思う？　鳴、夏希。私は、この子のドラム好きなんだけど」

俺は鳴を見る。鳴も俺を見ていた。お互いに黙っている。

「……」

「……」

山野は運命を待つような表情だった。

「いや、そんなの、言うまでもないですよね……」

「まあ、そうだな……」

俺と鳴はそう言って、頷き合う。

ガーン！　という効果音が似合いそうな表情で、山野は項垂《うなだ》れた。

「そ、そんなぁ……」

「何アホな顔してるんだ。合格に決まってるだろ」

「むしろ、なぜ不合格になると思ったのか不思議なぐらいでしたね」

山野は目を見張り、「ええっ⁉」と叫《さけ》ぶ。

「あんまり後輩《こうはい》をからかうのはよくないよ、二人とも」

芹香は口端を緩《ゆる》めて、肩をすくめた。

だって、あまりにも真剣な顔で俺たちを見ているから、つい……。

「び、びっくりさせないでくださいよ～」

ほっとしたように、山野は椅子《いす》に座《すわ》り直す。

そもそも、山野に対して合格なんて偉《えら》そうに言える立場じゃないというか、むしろ俺が不合格じゃない？　みたいな節があるからな。もっとギター上手くなりてぇ……。

「それじゃ、沙耶を加えて、この四人で再始動ってことで」

「バンド名、ミシュレフのままで行くのか？　それとも変える？」

「んー、岩野先輩がいる時とは別のバンドだし、新しい名前を考えようかな」

もう俺たちは、期間限定の余り者寄せ集めバンドじゃないからな。それが良いと思う。

「当面の目標は、私がバイトしてるライブハウスに出演することかな」

「ラ、ライブハウス……ちょっと怖いですね……」

「でも、やっぱり目指すのはそこだろ。文化祭も過ぎたからな」

それに目標がなければ、何のために練習しているのか分からなくなる。

音楽を合わせているだけで十分楽しいけど、やはりライブの快感は桁《けた》が違う。

文化祭の時のように、観客と一体になる感覚をもう一度味わいたい。

「いやいや、夢が小さいっすよ先輩がた！　ロッキン出ましょうロッキン！」

山野は笑顔で無茶苦茶《むちゃくちゃ》なことを叫んでいる。調子の良い奴《やつ》だ。

「夢を大きく持つのはいいけど、まずはちゃんと腕を磨《みが》かないとね」

芹香は淡々と山野を諭《さと》す。

文化祭は盛り上がったけど、まだ俺たちのバンドは未熟だからな。

芹香は例外だけど、特に俺のギターが下手すぎて笑えない。文化祭で何もかも上手く弾けたのは、奇跡《きせき》のようなものだと思っている。そう何度も奇跡は起きないだろう。

「山野は、受験は大丈夫《だいじょうぶ》なの？」

「あたしは多分、推薦で行けるっす！」

「へえ、頭良いんだな」

涼鳴《りょうめい》の偏差値《へんさち》はそこそこ高く、進学希望者も多い。

推薦で行けるってことは、学年トップクラスの成績を維持《いじ》しているのか。

「じゃあ、心配はいらないな」

俺の言葉に、山野はピースサインを作って応じる。

「それじゃ来週から沙耶も加えて、本格的に練習していくよ」

「了解《りょうかい》っす！」

「分かりました！」

「……ああ。また、頑張ろう」

みんなで頷き合う。

そんなわけで、バンド活動の再開が決まった。

青春の楽しみがまた一つ増えた。すでに虹色《にじいろ》に輝いているけど、さらに。

この新しいバンドは、きっと俺の青春に新しい色をつけてくれる。

「そういえば……夏希」

ふと思い出したように、芹香が尋ねてくる。

「昨日、美織が学校を休んだけど、何か聞いてる？」

「え？　いや、特に何も……風邪《かぜ》か？」

「教師はそう言ってたけど、美織から返信がないんだよね」

芹香はスマホを見ながら、小首を傾《かし》げている。

「あいつも風邪とか引くんだな」

子供の頃《ころ》は体が強いイメージだった。馬鹿は風邪を引かないので。実際、俺の知っている限りでは、美織が風邪で寝込《ねこ》んだことはない。中学の時は詳《くわ》しくないけど。

「……ただの風邪なら、いいんだけど」

「そろそろインフルエンザも流行《はや》り始める時期だからな」

確かに、ちょっと心配だ。俺の言葉に、芹香は「まあ、ね」と曖昧《あいまい》に頷いた。

芹香はそれ以上美織のことには触れず、練習を再開する。

……まあ一日休んだだけだし、そこまで気に掛《か》けなくても大丈夫だろう。

今は美織のことより、練習に集中しないとな。俺が一番下手だから、もっと成長していかないと山野になめられてしまう。いや、それは手遅《ておく》れかもしれないけど……。

＊

昼休憩《きゅうけい》を挟んだ練習を終えると、夕方になっていた。

芹香たちとは高崎駅で別れ、山野と一緒に電車で帰っている。

山野は練習初日で疲れているのか、しばらくぼうっと窓の外を眺めていた。

「……そういえば先輩って、星宮《ほしみや》先輩と付き合ってるんすよね？」

「ああ。陽花里のことを知ってるのか？」

「あの人、ミンスタで有名っすから。友達はモデルだと思ってました。めちゃくちゃ可愛《かわい》いし、お洒落《しゃれ》だし、明るいし、優《やさ》しそうだし……うわ、先輩が羨ましすぎる！」

足をじたばたさせながら、悔《くや》しがる山野。

波香も同じことを言っていたけど、やっぱり陽花里は地元で有名らしい。

「なんで先輩を選んだんすかねぇ～？」

「おい、やめろ。それは俺が一番疑問に思ってる」

「まあ確かに、昔に比べたらカッコよくなってるっすけどね？」

美織にしろ、山野にしろ、昔の俺を知っている連中はこういう反応をする。

最近は過大評価されることも多かったので、なんか安心する。

「陽花里にアプローチするために、美織がいろいろと協力してくれたんだよ」

山野はなぜか「それもなぁ～」と呟いて、両手で顔を覆《おお》う。

「ちなみに美織先輩は、その白鳥《しらとり》先輩って人とはどんな感じなんすか？」

「普通に、仲良さそうにしてるぞ。二人で一緒に帰ってるところも見かけるし」

「そうなんすね……」と、山野はなぜか疑うように眉根《まゆね》を寄せている。

「美織から直接聞いたりはしてないのか？」

「んー、まあ、やり取りはしてるっすけどね……」

お茶を濁すような言い方だった。

まあ通っている学校が離《はな》れると、話す機会は減るよな。

「白鳥先輩の写真あるっすか？　見てみたいっす」

そう聞かれたので、スマホの写真フォルダを漁《あさ》ってみる。

俺が持っているのは、夏の旅行の時の集合写真ぐらいだった。

女子陣《じん》は何かある度にパシャパシャと写真を撮《と》っているが、男子陣にはあんまり写真を撮る習性がないんだよな。せっかく虹色の青春を手に入れたのだ。この思い出を保存するために、もうちょっと普段から写真を撮る意識をしてもいいかもしれない。

「うわ、イケメンだ。灰原先輩とはレベチっす」

「いちいち俺を下げないと気が済まないの、性格悪くない……？」

「まあ美織先輩は自称面食いっすからねぇ……あくまで自称でしかないんすけど……」

山野は俺のスマホに映る写真を見ながら、何やらブツブツと呟いている。

「何かおかしいか？」

そう尋《たず》ねると、山野はゆるく首を横に振った。

「いや、別に先輩は何もおかしくないっす。気にしないでください」

そう言われても、気になるんだが……と言おうとした瞬間《しゅんかん》、電車が止まる。

俺たちの地元駅に到着したようだった。

「そんなに美織のことを気にかけてる理由って、何かあるのか？」

電車を降りながら、ふと気になって山野に問いかける。

仲が良いのは知っているけど、やけに美織の話ばかりに食いついてくる気がする。

「……まあ、今ちょっとだけ、相談を受けてまして」

山野は言葉を濁した。それ以上言えることはないと、暗に示している。

……相談か。美織が相談相手に選ぶのは、もう俺じゃないんだな。

美織が何かに悩《なや》んでいることは、俺も気づいている。

その内容を、山野には打ち明けているのだろう。少し羨ましかった。

「それじゃ、先輩。これからバンド、一緒に頑張るっすよ！」

山野は話を打ち切るように別れの挨拶《あいさつ》を告げると、手を振りながら去っていった。

＊

バンドが再始動した翌週は、滞《とどこお》りなく経過していった。

月曜のバイト、火曜のバンド練習を経て、水曜日の昼休み。

ちょうど球技大会から一週間が経過している。

「え、美織が休んでる？」

「うん。球技大会の後から、ずっとみたいだね」

教室の窓際《まどぎわ》付近。自然と集まったいつもの六人で、顔を見合わせる。

「怜太は何か聞いてないのか？」

「……ＲＩＮＥしても、何も反応がないんだよね」

怜太は心配そうな顔でスマホを眺めている。

「あたし、顧問《こもん》の先生から風邪だって聞いたけど」

「ただの風邪にしては、長引いている気がするわね」

詩《うた》と七瀬も口々に言い合う。

みんな、美織のことを心配している。

……同じクラスの芹香なら、何か知っているかもしれない。

「ちょっと芹香に聞いてみるよ」

そんなわけで芹香を探していた時、女子トイレの前を通りかかった。

——声が、聞こえてくる。


「本宮《もとみや》の例の噂《うわさ》ってマジなん？　白鳥くんと灰原くん両方に手ぇ出してるってやつ」

「なんか見た人いるらしいよ。公園で灰原くんに抱《だ》き着いてたって」

「うわ、マジ最低じゃね？　あいつ、ちょっと顔良いからって調子乗ってない？」

「前に灰原くんとはただの幼馴染《おさななじみ》だって言い張ってたよね？　なーんかちょっと自慢げだなとは思ってたけどさ。クソビッチじゃん。白鳥くんと星宮さんかわいそー」


思わず足が止まる。

……こいつらは、何を言っている？　言葉の理解が、できなかった。

しかし、当人たちが女子トイレから出てくる気配があったので、急いで離れる。

何も聞かなかったかのように少し歩いてから、後ろを振り返る。

あの噂話《うわさばなし》をしていたのは、一組の女子グループだった。

その中心にいるのは、確か長谷川《はせがわ》って名前の女子。一組では目立つ存在だ。

男子連中で一年の可愛い女の子の議論をした時、陽花里や美織と一緒によく名前が挙がるので、覚えている。ただし、性格はキツいとも言われていたけど。

「……どうするか」

思考が纏まらない。

俺は、どうすればいい？

……落ち着け。まずは、状況《じょうきょう》を整理しよう。

ただの嘘《うそ》なら否定すればいいが、最悪なことに心当たりがある。

もちろん、美織が俺と怜太両方に手を出している——という噂は、嘘だ。

だけど、球技大会の数日前の出来事を思い出す。あの夜の公園で、転びそうになった美織を抱き留《と》めた場面を誰かが見ていたのなら、誤解されてもおかしくはない。

あの場面は、美織から俺に抱き着いてきたように見えるだろう。だから『俺が美織に手を出した』ではなく、『美織が俺に手を出した』という風に噂が広まっている？

その場合、どういう立ち回りをすれば誤解が解けるんだ？

……嫌《いや》な汗《あせ》が流れてきた。経験上、こういう噂の対策は難しい。

何にせよ、まずは情報収集だ。

この噂がどこまで広まっているのか、誰が広めているのかを調べなければ。

美織が休んでいる理由も、この噂に関係しているのかもしれない。
「おーい夏希、そろそろ昼休み終わるぜ」
遠くから声をかけられて顔を上げる。竜也《たつや》たちが手招きしていた。
「ああ、分かった」
気になることはいろいろあるが、授業はサボれない。大人しく教室に戻《もど》ろう。
廊下《ろうか》を歩いて教室に戻るまでの間、やけに視線を感じた。
それとなく周囲を観察すると、主に一組の女子生徒が俺を見ている気がする。
……一組の女子の間では、もう噂が広まっていると見てよさそうだな。
良くも悪くも、俺たちは目立つ。
俺と陽花里、怜太と美織は、この学年の二大カップルとも言われているらしい。
そのうちの二人のスキャンダルとなれば、みんなの好奇心《こうきしん》が向くのも当然だろう。
この粘《ねば》り気《け》のある視線が、それを如実《にょじつ》に示していた。
教室に入り、席に着く。教師が入ってきて、授業が始まる。
しばらく周囲を観察していたが、二組の生徒から嫌な視線は感じないな。
まだ二組には広まっていないようだ。でも時間の問題だろう。
この手の噂は気づいたら全体に広まって、余計な尾《お》ひれもついてしまう。

事実無根なんだ。そうなる前に、できるだけ早く対処したい。

「……夏希くん、どうかしたの？」

隣《となり》の席の陽花里が、小声で話しかけてくる。心配そうな表情だった。

俺がずっと難しい顔をしていることに気づいたのだろう。

陽花里になんて言うべきか、迷う。伝えるのか、黙っておくのか。伝えるとして、何をどう伝える？　俺もまだ、今の状況をちゃんと把握《はあく》しているわけじゃないのに。

「……ちょっとな。後で話すよ」

少し考えた末に、そう答える。

陽花里は俺の恋人《こいびと》だ。何も分かっていなくても、現状を共有した方がいいだろう。

もし噂が陽花里にも回ってきたら、不安にさせてしまう可能性もある。

ただ、今は授業中だし、すぐに終わる話じゃない。

落ち着いて話せる場を作らないといけないな。

＊

そして放課後になった。

竜也たちが部活に行き、七瀬もピアノの練習だそうで、俺と陽花里だけが残る。

「さっきの話、聞いてもいい？」

陽花里が問いかけてくる。教室では、まだ帰宅部の面々が雑談している。

「ああ。ちょっと移動してもいいか？」

できるだけ他人には聞かれたくない。

俺は陽花里を連れて、人気のない階段の踊《おど》り場《ば》に来た。

振り返ると、陽花里は不安そうな顔をしている。

まあ、まだ何も説明していないからな。

「……それで、何があったの？」

「どうも、嫌な噂が流れてるみたいなんだ。主に、一組の女子の間で」

俺の言葉を聞いて、陽花里は目をぱちぱちと瞬《まばた》かせる。

「どんな噂なの？」

「美織が……怜太と付き合いながら、俺にも手を出している、みたいな内容だ」

説明しづらいが、これを言わないと話が進まない。

陽花里は「そう……なんだ」と、感情が読めない表情で反応した。

「もちろん、そんな事実はない」

まず、そこを断言しておく。陽花里の不安を取り除くためにも。

「そこは疑ってないけど……じゃあ、どうしてそんな噂が？」

陽花里の疑問は当然だ。誰《だれ》かが悪意を持って、根も葉もない噂を広めた——という話なら簡単だが、今回は根と呼べるぐらいの事実は存在するのが、厄介《やっかい》なところだ。

正直、陽花里に誤解されるのが怖《こわ》い。あの時、俺は本当に、転びかけた美織をとっさに抱き留めただけだが、それを後から聞かされた陽花里がどう思うかは、別の話だ。

だから問いかけてくる陽花里に対して、言葉に詰まる。

「——美織が夏希に抱き着いたところを、見たって人がいるからだよ」

そう答えたのは俺じゃない。後ろからの声だった。

振り返ると、そこには芹香が立っている。

「……なんで、ここに？」

聞いていたのか、と尋ねる前に、そんな問いが口から零《こぼ》れる。

「夏希を探してた。放課後に次の練習の日程を決めようって話したよね？」

あ……そういえば、そうだった。すっかり頭から抜け落ちていた。

「まあ、そんなことしてる場合じゃないかもしれないけど」

芹香は憂鬱《ゆううつ》そうに、ため息をつく。

基本無表情の芹香が、音楽のこと以外で感情を露《あら》わにするのは珍しい。

「えっと……どういうことなの？」

陽花里が改めて聞いてきたので、ちゃんと答えないといけない。

「……多分、球技大会の数日前のことだと思うんだ」

俺は今、陽花里を不安にさせている。

だからこそ、誠実にすべてを話す必要がある。

「あの日の放課後、俺は鳴と公園でバスケの練習をしてたんだ。鳴も球技大会でバスケに出場することになったから、俺が教えるって形で。そこに、たまたま通りかかった美織も一緒《いっしょ》に練習をすることになった。終わった後も、ちょっと休憩しながら雑談してて、いざ帰ろうって時に美織が転びかけたから、俺がとっさに抱き留めたんだよ」

俺の話を、陽花里と芹香は黙《だま》って聞いている。

「あの場面を誰かが見ていたら、美織から俺に抱き着いたように見えたとしても、おかしくはない。今流れている噂に根拠《こんきょ》があるとしたら、それだと思う」

「……なるほどね」と、芹香は納得《なっとく》したように頷いた。

「もしかして、美織ちゃんが休んでるのって、その噂に関係してるの？」

「分からない。俺もその噂をたまたま聞いて、調べようとしてたところだから」

ふるふると首を横に振る。「そっか」と、陽花里も相槌《あいづち》を打った。

「……とりあえず、私が知っていることを話すよ」

そんな俺《おれ》と陽花里の様子を見て、芹香が口を開いた。

「一組の女子の間で、今夏希が言ったような内容の噂が広まってるのは事実。そっちのクラスに噂が流れるのも、時間の問題だと思う。みんな、こういう系の話好きだし」

あまり当たってほしくはなかった俺の予想を、芹香が肯定《こうてい》する。

「実際に見たって言ってるのは、一組の水瀬《みなせ》って子」

芹香の言葉に「あ、眼鏡かけてて、大人しい感じの人だよね？」と陽花里が反応する。

俺には心当たりがない。あまりクラスで目立つタイプではないのだろう。

「そう。でも、広めてるのは水瀬じゃなくて、長谷川グループかな」

「……やっぱりか。俺がその噂をたまたま聞いた時も、長谷川がみんなに話してたよ」

「まあ……長谷川さんって、あんまり美織ちゃんと仲良くないんでしょ？」

そうなのか？　俺はまったく知らないが、芹香は当然とばかりに頷いている。どうやら女子の間では共通認識《にんしき》らしい。女子の人間関係、俺には分からなさすぎる……。

「美織は可愛いし、女バスのエースだし、あれで勉強もできるし、学年一モテる怜太くんと付き合ってるし、その次にモテる夏希とも幼馴染だから、わりと敵は多い。味方もいるけど、美織は気が強いからね。陽花里ちゃんみたいに誰とでも仲良くできるタイプじゃないから、嫌《きら》いな人は嫌ってる。まあ……単なる嫉妬《しっと》もあるだろうけどね」

まあ表面上は取り繕《つくろ》っても、本質は小学校の頃から何も変わってないからな。

だいぶ我の強い性格だし、合わない人はいるよね。

「一組は元々、長谷川中心のグループと、美織中心のグループで対立気味だったの」

まあ露骨《ろこつ》に喧嘩《けんか》していたわけじゃないんだけど、と芹香は続ける。

「そ、そうなのか……ぜんぜん知らなかった」

「まあ、女子にはいろいろあるから。男子はだいたい知らないと思うけど」

そう陽花里が補足する。女子の世界、なんか怖いよう……。

「長谷川さんが美織ちゃんの弱みを見つけたら、確かに喜んで広めるだろうね」

「実際、水瀬に話を聞いてみたら、『美織から抱き着いたように見えた』って話を友達としていたら、盗《ぬす》み聞きしてた長谷川に問い詰《つ》められたんだって。本当にそうだったのかは知らないし、こんなことになるとは思ってなかったって、困ってたよ」

芹香のおかげで、おおむね事態の全容が見えてきた。

……俺のせい、だな。

俺があの時、美織をすぐに離していれば、誤解されなかったかもしれない。

でも実際には、何秒か抱き留めた体勢のままだった。美織が、動かなかったから。

『あなたのこと好きだよ……って、言ったらどうする？』

あの時の光景が脳裏《のうり》を過る。やけに、泣きそうな声音《こわね》だった。

「……夏希くん？」

気づけば、陽花里が俺をじっと見ていた。

「いや、ごめん。何でもない」

考え込《かんがこ》んでしまったらしい。慌てて首を横に振《ふ》る。

「……本当に、何でもないんだよね？」

陽花里は、再確認するように尋ねてきた。

「……事実無根だったら、美織ちゃんなら否定すると思うんだけど」

「私も、そう思う。ムカついたら喧嘩売りに行く子だし」

二人はそんな風に頷《うなず》き合う。確かに、俺もその通りだと思った。

美織はそんなくだらない噂に負けてしまうような、気の弱い人間じゃないはずだ。

「心当たりがあるとしたら、さっき説明したことだけだよ」

多少気になることはあるものの、俺に言えるのはこれだけだ。

それ以外のことは推測でしかない。美織の気持ちを俺は知らないから。

芹香は、状況を整理するように言う。

「……美織が何を考えてるのかは、分からない。球技大会の翌日からずっと休んでるし、聞く機会もない。そのせいで、余計に噂が真実味《しんじつみ》を増してるところもある」

陽花里は真剣な表情で頷き、芹香に続きを促《うなが》す。

「私たちのグループも美織を守りたい気持ちはあるけど、本人が休んでいて連絡《れんらく》も取れないから、噂に対して強く出れないのが現状……美織を疑っている子もいる」

本当に面倒《めんどう》くさい、と芹香はため息をつく。

音楽以外のことにあまり興味がない芹香には、とても煩《わずら》わしい事態だろう。

「でも、美織は放っておけない。友達だからね」

「そうだね……」と陽花里も頷き、言葉を続ける。

「一番の問題は、美織ちゃんと連絡が取れないことだよね？」

「そう。ただの風邪なら連絡ぐらいは返せるはず。美織はマメな性格じゃないけど、私たちだけじゃなくて、彼氏《かれし》の怜太にも返信がないのは、流石《さすが》におかしいと思う」

改めてそう聞くと、事態はより深刻に感じる。

「夏希くん、家近いでしょ？」

「そりゃまぁ……歩いて十五分ぐらいだな」

「美織ちゃんが心配だし、お見舞《みま》いに行ってきてくれないかな？」

陽花里は両手を合わせて、「お願い」と頼《たの》み込んでくる。

「……いいのか？　俺が行っても」

「わたしは、夏希くんを信じてるから」

陽花里は俺の目を見つめて、ゆっくりと頷いた。

「まあ本当に体調不良なのか、それとも別の原因なのか……確かめないとね」

芹香はぽつりと呟《つぶや》いた。確かにそれは必要な工程だろう。現状、これは美織の身に起きている事態だ。当の美織の意見なしで、俺たちが噂に対策するのも躊躇《ためら》われる。

「分かった。ちょっと様子を見てくる」

……正直、嫌な予感はしている。

本当にただの体調不良なら、ＲＩＮＥの返信ぐらいはできるに決まっている。

だから、何かがあったのは間違《まちが》いないだろう。

＊

帰りの電車に乗る前に、美織にチャットを打ってみた。

しかし一時間経過しても、既読《きどく》すらつかない。

やっぱり、直接訪ねてみるしかないな。

だけど、やけに体が重たい。嫌な予感がする。

それは、何となく事態の予想がついてしまうからだろう。

俺はただ、その予想が当たっていないことを祈《いの》っていた。

電車を降りて、コンビニで見舞いの品を買う。

それから二十分ほど歩くと、美織の家に辿《たど》り着いた。

住宅街の中にある大きめの古民家だった。美しく整えられた広い庭園に、景観を損《そこ》ねるようなバスケットゴールが置いてある。脇《わき》の駐車場《ちゆうしやじよう》には、白いアルファード。

昔、来た時から何も変わっていない。

縁側《えんがわ》に、腰《こし》の曲がった白髪《しらが》の女性が座っていた。

俺が玄関前《げんかんまえ》に来たことに気づいたのか、その女性はゆっくりと立ち上がる。

「おや、もしかして、夏希くんかい？　大きくなったねぇ」

「こんにちは、おばあさん。お久しぶりです」

杖《つえ》をつきながら近づいてきたのは、美織の祖母だ。
四、五年はこの家を訪《おとず》れていないのに、俺を覚えているとは思わなかった。

「美織から、よく話は聞いているよ。あの子の言う通り、随分《ずいぶん》と男前になったねぇ」

朗《ほが》らかな笑《え》みを浮《う》かべながら、おばあさんは俺を見つめる。

「……美織が、俺の話をしているんですか？」

「それはもう。何かにつけて君がああだのこうだのって言ってるよ。格好つけだの、馬鹿だのアホだの、文句ばっかりだけどねぇ。でも、とっても楽しそうに話すんだよ」

ははは……と、苦笑《くしょう》しながら相槌を打つ。美織らしいな。

「もう一度仲良くなれたことが、よっぽど嬉しかったんじゃないかい？」

「……だとしたら、良かったです。あいつは素直《すなお》じゃないですから」

ところで、と会話を区切る。雑談から本題に入るために。

「美織は大丈夫なんですか？　しばらく学校を休んでいるみたいですが……」

「もしかして、お見舞いに来てくれたのかい？」

と、おばあさんが問い返してきたので、俺は頷く。

すると、おばあさんは表情を暗くした。

「どうも体調が悪いみたいでねぇ。部屋にこもって出てこないんだよ」

「……そうですか。少し、お邪魔《じゃま》してもいいですか？　話したいこともあるので」

「どうぞどうぞ。美織も喜ぶよ。ついでにお茶でも飲んでいってねぇ」

靴《くつ》を脱《ぬ》ぎ、家に上がる。まずは居間に案内された。

畳《たたみ》の上に長いテーブルが置かれ、座布団《ざぶとん》がいくつも並んでいる。テーブル上のお皿にはみかんと和菓子《わがし》が入っていて、端にはおばあさんのものと思《おぼ》しきお茶があった。

「ちょっとここで待っててねぇ」

言われた通り、座布団の上に座って待つ。おばあさんがお茶を出してくれた。何から何まで申し訳ない。一応お見舞いの品を渡《わた》したけど、突然《とつぜん》だし迷惑《めいわく》だよな……。

漫画《まんが》やアニメだとお見舞いイベントは定番だが、現実でやることは少ないと思う。病人に手間をかけさせるし、風邪が移ったら本末転倒《ほんまつてんとう》だ。

まあ食糧《しょくりょう》の調達とかには役立つから、ひとり暮らしなら別かもしれないけど。

……今回はちょっと特殊《とくしゅ》な状況なので、許してほしいところだ。

出してもらったお茶を飲みながら、周囲を見回す。

旅番組が映るテレビが置かれた台の脇に、幼い頃の美織と両親の写真があった。

美織の両親は共働きだ。おそらく、まだ二人とも帰ってきていないのだろう。今この家にいるのは、美織とおばあさんだけだ。おじいさんは亡《な》くなったと聞いている。

しばらく待っていると、再びおばあさんが戻ってきた。

「ごめんねぇ、夏希くん。あの子、今は誰にも会いたくないみたいで……体調はだいぶ回復してるはずなんだけどねぇ。風邪を引くなんて珍しいとは思ってたけど……」

「……そう、ですか」

やはり、風邪ではないようだ。

「もしかして、学校で何かあったのかしらねぇ。夏希くんは知ってるかい？」

「……少しだけ。でも、それが休んでいる原因なのかは、本人に聞いてみないと」

おばあさんと、目線が合う。目を逸《そ》らさずに、俺は言った。

「美織の部屋の前に行ってもいいですか？」

あいつが俺に会いたくないことは分かった。

だが、素直に引き返したら何も状況は変わらない。

おばあさんは相好を崩《くず》し、「あの子を頼むよ」と優しい声で言った。

＊

美織の部屋の前に立つ。

ぱたぱたと足音を立てて、美織が世話をしている犬が近づいてきた。

確か名前はクー、だったかな？　クーは俺の足のつま先の匂《にお》いを嗅《か》ぐと、そのまま足に体をすりつけてくる。それから、閉じられている部屋の扉《とびら》をじっと見つめた。

「……お前も、心配なんだな」

クーの頭をよしよしと撫《な》でてから、美織の部屋の扉にノックをする。

「美織、俺だ。大丈夫か？」

ばさ、と毛布が動くような音が聞こえた。

しかし、声は返ってこない。

「みんな、心配してる。ＲＩＮＥの返信ぐらいはしてくれよ」

反応がなくても、言葉を続ける。

「体調は回復したのか？　見舞いの品を持ってきたし、ちょっと会えないか？　あ、芹香からプリントも預かってる。休んでる間の宿題とか連絡事項《れんらくじこう》のやつだってさ」

できるだけ明るく言ったが、訪れるのは寒々しい静寂《せいじゃく》だけ。

あの噂の件を切り出すべきか、否《いな》か。迷っていると、声が聞こえた。

「……ごめん。みんなには謝《あやま》っておいて」

いまだに扉は開かない。だけど、人の気配がある。

美織は扉を挟《はさ》んだ先に立って、俺に話しかけてきている。

「今は、会いたくない、誰にも……あなたにも。……だから、帰って」

消え入りそうな声だった。

どう考えても、普通《ふつう》の状態じゃないことは明らかだ。

「会いたくないなら、このままでいい。だけど、話ぐらいは聞かせてくれよ」

部屋の扉の前で、あぐらをかく。

せめて話を聞くまで帰らないという意思だ。

「普通に風邪引いてるってわけじゃないんだろ？　何があった？」

「……だいたい分かってるから、ここに来たんじゃないの？」

ぽつりと、呟きのような答えが返ってくる。

「一組で広まってる噂のことなら、耳に入ってきた」

ひゅ、と、美織が息を止めるような音が聞こえてきた。

その反応で確信する。美織が休んでいる原因は、その噂に関係することを。

「確かに、そう見えるような行為《こうい》はあった。でも、あれはただの事故だ。だったら、堂々と反論すればいい。俺も否定する。泣き寝入《ねい》りなんてキャラじゃないだろ？」

「……そうかもね」

「噂を広めてる長谷川って女子は、お前のことをあまり良く思ってないらしい。だからなのか、話を歪《ゆが》めてる節もある。このまま放っておけば、どんどん噂に尾ひれがつく」

「……別に、話は歪んでないよ」

美織の返答に、眉《まゆ》をひそめる。

何が言いたいのか、分からなかったからだ。

「長谷川さんたちには、直接確認《かくにん》されたから。広まっている噂は、ただの事実だよ」

「事実って、どういうことだ？　いったい、何を言って――」

「――分からないなんて言い張るほど、もう鈍《にぶ》くはないでしょ？」

美織に言葉を遮《さえぎ》られて、反論の言葉を見失う。

少しだけ心当たりがあった。

この予想だけは、当たらないでほしいと祈っていた。

あの日。美織を抱き留めた後、俺が思ったことは何だった？

『ご、ごめん……足が、上手《うま》く動かなくて……』

『あなたのこと好きだよ……って、言ったらどうする？』

『帰るよ！　早くしないと、終電なくなっちゃう！』

美織は、疲労《ひろう》で思わず足がもつれた。だから俺が抱き留めた。

しばらく俺に抱き着いて離れなかったのは、足の回復を待ったのだろうと思っていた。

しかし直後、美織は終電の時間を気にして、さっさと先に走っていった。

『……足、ぜんぜん大丈夫《だいじょうぶ》じゃん』

その時、俺は——もしかして、と思った。

脳裏を過ったのは、あまりにも俺にとって都合の良い、馬鹿げた妄想《もうそう》だった。

「——全部、わざとだよ」

だけど、その妄想を肯定するように、美織は言葉を続ける。

「だから、言い訳の余地もないんだ。私は怜太くんと付き合っていながら、あなたに抱き着いたんだ。足がもつれたってことにすれば、大丈夫かなって思ったんだ。そんなわけがないのにね。……馬鹿でしょ？　私は負けたんだ。封印《ふういん》するはずだった、恋心《こいごころ》に」

美織の声は嗚咽《おえつ》混じりだった。

俺は何も言えなかった。

何を言っていいのか、分からなかったからだ。

聞きたいことはたくさんあるけど、踏《ふ》み込んでもいいのか？

だって、その話が本当なら、美織は——俺のことを、好いている。

「みんなに言っておいて。心配かけてごめんねって。でも、噂はただの事実だから、止めようとか、否定しようとか、しなくていいよ。……長谷川さんたちを責めないでね」

その後のことはよく覚えていない。

かけるべき言葉が見つからなくて、逃《に》げるようにその場を後にした。

＊（本宮美織）

「……あれで良かったんすか？」

夏希が消えていったことを確認してから、沙耶が問いかけてくる。

「こうするしかないよ。全部、私が悪いんだから」

ベッドの上で体育座《ずわ》りをしている私に対して、沙耶は窓際に立っている。

その理由は簡単で、勝手に窓から侵入《しんにゅう》してきたからだ。

沙耶は二軒隣《けんとなり》の家に住んでいる幼馴染だ。年齢《ねんれい》は一個下だけど昔から仲が良くて、今日みたいに窓から忍《しの》び込んでくることも多かったし、私もそれを受け入れていた。

「足がもつれたことにしとけばよかったじゃないっすか。実際、大したことじゃないんだから。ちょっと抱き着いたぐらい、誤魔化《ごまか》したって誰も責めないっすよ？」

沙耶は軽い調子で提案してくる。

実際、その考えが脳裏を過らなかったと言えば、嘘になる。

「……駄目《だめ》だよ。それじゃ私が私を許せなくなる」

ただでさえ悪いことをしたのに、嘘で保身なんて真似《まね》はできない。

「潔癖《けっぺき》っすねぇ、意外と」

沙耶は肩《かた》をすくめて、ため息をつく。

「ごめんね。私から相談してたのに、こんなことになっちゃって」

「あたしは別にいいんすけど……あんまり思いつめ過ぎない方がいいっすよ?」

球技大会の少し前から、沙耶にはいろいろと相談していた。

恋人がいること。好きな人が別にいること。それが、幼馴染の男の子だということ。

今の恋人を好きになりたいのに、それができなくて苦しいこと。

私の悩みは、普段《ふだん》の人間関係の外にいる人にしか打ち明けられなかったから。

沙耶は昔から仲が良いけど、お互《たが》いが普段過ごす人間関係は別だから、丁度よかった。

「むしろ拒否《きょひ》しなかった灰原先輩《せんぱい》が悪いってとこもあるっすからね」

「……やめて。夏希は、私のことを信頼《しんらい》してくれてたんだよ」

私は、その信頼を裏切ったんだ。そのせいで夏希にも迷惑をかけている。

「……それだけじゃない気がしますけどね。灰原先輩が、すぐに離れなかったのは」

沙耶は窓の外を眺《なが》めながら、ぽつりと呟いた。

言葉の意味はよく分からなかった。私が眉をひそめると、沙耶は苦笑する。

「ま、何にせよ、ずっと塞《ふさ》ぎ込んでても仕方ないいんじゃないっすか？」

「……そう、だよね。分かってる。そろそろ、学校に行かないと」

理屈《りくつ》は分かっている。いつまでも引きこもっているわけにはいかない。だから、学校に行かなくちゃいけない。だけど、どうしても、足が学校から遠のいてしまう。

長谷川さんたちによる悪い噂のせいじゃない。夏希たちに顔向けできないからだ。

「……沙耶だったら、どうする？」

そう問いかけると、沙耶は「うーん」と唸《うな》ってから、言う。

「あたしは先輩ほど繊細《せんさい》じゃないんで、さっさと謝って終わりにするっすけどね」

……そうだよね。沙耶の言う通りだ。結局、このままだと逃げているだけなんだから。

とにかく、まずは迷惑をかけた人たちに謝らなくちゃいけない。

▼間章一

日が傾《かたむ》いてきて、空が茜色《あかねいろ》に染まり始める。

文化祭三日目の夕方。一組の教室には誰も残っていなかった。

クラスの出し物の営業時間も終わり、残すところは、中庭のステージで行われている軽音部のライブだけ。窓の外を見ると、今も軽音部のライブで盛り上がっている。

……夏希《なつき》や芹香《せりか》たちのバンドの出番は、この次だったと思う。

それなのに、私が中庭に向かわず、がらんとした教室に残っている理由はひとつ。

「一組も、誰もいないんだね」

声が聞こえた。振り返ると、扉を開いて教室に入ってくる人がいた。

怜太《れいた》くん。この学年で一番モテる男の子。そして……気になっていた男の子。

私が残っていた理由は、怜太くんに呼び出されたからだった。

「……ってことは、二組も誰もいないんだ？」

「みんな夏希たちのライブを観に行っちゃったよ。まだ後片付けがあるんだけどね」

「……怜太くんは行かないの？」

「いや、行くよ。少し君と話した後にね」

そう言って怜太くんは、窓際に立つ私の二歩先の距離《きょり》で止まった。

怜太くんと、視線が合う。目が離《はな》せなくなった。その目が真剣《しんけん》だったからだ。

「美織《みおり》、大事な話があるんだ。察しはついていると思うけど」

え、と言葉に詰まる。察しなんて、ついてない。何の話なのかも分からない。

「怜太くん……？」

小首を傾《かし》げる。そんな私を、怜太くんはじっと見ていた。

いつも柔和《にゅうわ》な微笑《ほほえ》みを湛《たた》えている怜太くんが、真剣な顔で私を見据《みす》えている。

怜太くんはそれから、しばらく黙っていた。その雰囲気《ふんいき》に、私も気づいてしまう。

誰もいない教室に、男女が二人きり。それも結構仲が良い二人だ。

もしかして……と私が思った瞬間《しゅんかん》、しばらく黙っていた怜太くんは「やっぱり、ここは真《ま》っ直《す》ぐに行こうか」と呟き、ひとり頷いた。それから、私に手を差し伸《の》べてくる。

「――好きだよ、美織。僕《ぼく》と付き合ってくれないか？」

嘘や冗談《じょうだん》ではないだろう。

怜太くんの表情が、声音が、纏《まと》う雰囲気が、それを如実に物語っている。

だから、それは私が望んでいた言葉のはずだった。

だって、私は怜太くんと付き合うために、いろんな策を講じてきた。

その努力が、やっと報《むく》われたんだ。

だというのに、私の心は浮き立たない。

ただ頷くだけでいいのに、それができない。

そんな自分の心の動きで、再確認する……してしまう。

怜太くんのことが気になっていたのは本当だ。

入学式の日に見かけて、本当に、カッコいい男の子だと思った。端麗《たんれい》な容姿。余裕《よゆう》のある雰囲気。スマートな仕草。ああ、この人はモテるだろうなと思った。

それが最初の印象だった。

どんな人なんだろうと興味を持ち、夏希を通じて接触《せっしょく》を図《はか》った。

最初の頃《ころ》は無難な対応だった。私みたいに近づいてくる女の子をいなすのに慣れているんだろうなぁ、という感じ。優《やさ》しいし気遣《きづか》いもできる性格。でも本音が見えない。

だけど仲良くなっていくにつれ、年相応のところも見えてきたりして、そういうところがちょっと可愛《かわい》いなと思ったりもした。気になっていたのは、間違いなかった。

最初は私が声をかけてばかりだった。でも途中《とちゅう》から立場が逆転した。

何かにつけて誘《さそ》ってくるのは、怜太くんになった。

お互い、そのことには気づいていたはずだ。

別に、怜太くんのことが嫌いになったわけじゃない。

ただ、最初から私の心に住んでいた別の存在が、どんどん大きさを増していって、その人のことばかり考えるようになってしまったからだ。こうしている今も、ずっと。

怜太くんのことが、好き……だったのかもしれない。

気になっている、という領域を超《こ》えた瞬間もあったのかもしれない。

だけど、今は違《ちが》う。私の心にいるのは別の人だ。

「……ごめん。本当に」

喉《のど》から絞《しぼ》り出したのは、謝罪の言葉だった。

「思わせぶりな態度だったって、分かってる。実際、怜太くんのことが気になってたから声をかけてたんだ……。でも、好きな人ができたから……だから、ごめんなさい」

しどろもどろになりながら出てきたのは、言い訳染みた何かだ。

怜太くんは、じっと私を見つめてくる。

こんな時でも、怜太くんの余裕は崩れない。

いや、どっちかと言えば……最初から分かっていたって感じの表情だ。

「君の好きな人っていうのは、夏希のことかい？」

呼吸が止まるかと思った。

……なんで、分かるの？　ずっと、隠《かく》してきたはずなのに。

そもそも、夏希の恋愛《れんあい》をサポートしていた私が、夏希のことを好きだなんて、荒唐無稽《こうとうむけい》な発想じゃない？　よっぽどの馬鹿じゃない限り、そんな真似はしないと思う。

……まあ、現実はそうなんだけど。なんか普通にへこんできた。

「なんで……そう思ったの？」

どうやって誤魔化そうかと考えながら、とりあえず問い返すことで場を繋《つな》ぐ。

だけど嘘《うそ》をつくのは、告白してくれた怜太くんに不誠実……だよね。だったら、本当のことを言うべきか……とか思《おも》い悩《なや》む私に対して、怜太くんはなぜか眉をひそめた。

「いや、そんなの見てれば分かるけど……バレてないと思ってたの？」

「ええっ⁉　そ、そうなの⁉」

不意打ちで鋭《するど》い言葉の刃《やいば》が飛んできて、完全に致命傷《ちめいしょう》を食《く》らった。

つい肯定を意味するような反応をしてしまったけど、別にかまをかけたというわけじゃなさそうだ。怜太くんは普通に確信していた。私が、夏希のことを好きだって。

「……ほ、本当に、見てるだけで、分かるんだ？」

頬《ほお》が熱くなっていくのを感じる。声もなんだか震《ふる》えている。

こんなの私らしくない。

どうにかしなきゃって思うけど、どうにもならない。恥《は》ずかしすぎて消えたい。

「いつも夏希のことばかり見てるし、無意識なんだろうけど、僕の前でも夏希の話ばかりするし、夏希とだけは距離が近いし、気づくなって方が難しいよ」

くっくっく、と怜太くんはなぜか愉快《ゆかい》そうに笑っている。ほんとになんで？

「あの……じゃあ、もしかして、他のみんなも、気づいてたり、するのかな……？」

もしそうだとしたら、恥ずかしいどころの話じゃないんだけど。

「んー、それはどうだろうね。少なくとも、そんな素振《そぶ》りは見えないな」

怜太くんの返答を聞いて、ほっとする。

そ、そうだよね。流石に、みんなが見て分かるほどバレバレじゃないよね。怜太くんは観察力が高いし、みんなに比べて特別鋭いだけだよね。よかったぁ……。

「まあ僕は、他のみんなより美織のことをよく見ているから」

淡々《たんたん》と理由を解説する怜太くん。こういうことをさらりと言えるのはすごい。

多分、夏希だったらドヤ顔になる。

俺、決まったぜ……みたいな顔が目に浮かぶ。

「まあ、君が夏希のことを好きなのは最初から分かってる。それは前提なんだ」

「ぜ、前提……？」

怜太くんの話についていけなくて、ついオウム返しをしてしまう。

状況《じょうきょう》がよく分からない。

怜太くんが私に告白してきて、私はそれを振った。

私には好きな人がいて、怜太くんもそれを知っていた。

でも今、怜太くんは余裕の表情で笑っている。

「ま、待って……じゃあ、なんで告白したの？　振られるって分かってたんでしょ？」

「単に、この気持ちを君に伝えたいと思った……それじゃあ駄目かい？」

きらっ、と白い歯を見せてさわやかに微笑む怜太くん。

え、ええっ……と、ちょっとキュンとしていた私に対して、怜太くんは「というのは冗談として」と、当然のように話を区切る。は、はぁ～？　そういうところだぞ！

怜太くんが女の子にモテまくる理由が分かる。でも、残念ながら私は夏希一筋なので揺《ゆ》らぐことはない。いや、ちょっと待って待って。夏希一筋って何？　そんなんじゃないんだけど？　全然、違いますけど？　別にあんなヤツ好きじゃないんですけど？　勘違《かんちが》いしないでよね！　誰《だれ》に反論してるんだ私は……。ああ、もうなんか無理になってきた。

「恋愛が絡《から》むと挙動が面白《おもしろ》いね、君は。いや、夏希が絡むと、かな？」

ひとりで百面相をしていた私をしげしげと観察しながら、怜太くんが言う。

「……悪い？　恋愛初心者なの！」

最近、怜太くんの前で強がっても、あまり意味がない（観察力が高すぎてすぐバレる）ことは分かってきたので、逆に開き直ってみる。もうなんか、どうにでもなれ。

「だったら、恋愛の練習のつもりで、僕と付き合ってみないかい？」

自暴自棄《じぼうじき》になった私の耳に入ったのは、怜太くんのとんでもない提案だった。

「もちろん、君は夏希を好きなままでいい。夏希と一緒にいても僕は咎《とが》めない。僕との付き合いは、本当に練習だと思ってもらって構わない」

あまりにも、私にとって都合が良すぎる。

これも冗談かと思えば、怜太くんの目は真剣だ。

「――だけど、僕は君に振り向いてもらえるように努力をする」

その言葉は、私の心に深く染み渡っていった。

怜太くんの真っ直ぐな気持ちが、光のように眩《まばゆ》い提案が、むしろ、私の心を深い闇《やみ》に沈《しず》めていく。――もし、怜太くんのことを好きになれたら、私は幸せになれる。

今のまま夏希を好きでいても、苦しいだけだ。夏希の心は今、詩《うた》と陽花里《ひかり》ちゃんの間で揺れている。でも、そこに私の居場所はない。恋《こい》という名の戦いに名乗りを上げてもいないのだから、当然だろう。今更《いまさら》割り込むような勇気だって……私には、ない。

それに、私は怜太くんと付き合うために、夏希に協力している。少なくとも、最初はそうだった。だから怜太くんの提案を受ければ、私は自然に、夏希との協力関係を終わらせることができる。目的を果たせば、もう夏希に協力する理由はない。

夏希と距離を取り、この恋心が消えるように祈りながら、その状態を許容してくれる怜太くんと付き合って、彼《かれ》のことが好きになれるように、私も努力をする。

それが今の私にとって、最善の選択《せんたく》だ。

少なくとも、その時の私は、そう思ってしまった。

「……すぐには、この気持ちを捨てるなんて、できないよ？」

「うん。それで構わない」

怜太くんは柔和な笑みを浮かべながら、こくりと頷く。

「僕はそれでも君と付き合いたいと思うほど――君のことが、好きなんだ」

こんな私を好いてくれることが純粋《じゅんすい》に嬉《うれ》しかったのもある。

だから、私は怜太くんの提案に頷いた。

……今思えば、この提案を受けるべきじゃなかった。

あまりにも怜太くんの優しさに頼《たよ》りすぎている。私の気持ちを優先しすぎている。

……私は、見誤っていたんだ。私の恋心の大きさを。こんなものをすぐに捨てられるなんて、勘違いをしていた。それが最大の過ちで――当然、犯《おか》した罪には罰《ばつ》が下る。

▼第二章　恋人としての責務

美織《みおり》の家に行った翌日。

芹香《せりか》に連絡してみると、今日も美織は休んでいるようだった。

これでもう、一週間は休んでいる。

……今後、学校に出てこないつもりなのか？

昨日話した時、美織の声は震えていた。

相当、自罰的な思考になっているのだと思う。

心配だ。何とかしたい、けど……あの時は、かける言葉が見つからなかった。

「夏希《なつき》、少しいいか？」

考え込んでいると、竜也《たつや》が声をかけてきた。

「どうした？」

竜也にしては妙《みょう》に真剣な顔をしている。

「ちょっと外で話すか」

ベランダを指差してから歩き出した竜也の後ろをついていく。

さっきまで考《かんが》え込《こ》んでいたせいで気づかなかったが、いつもとは違う視線を感じる。

だから、用件はすぐに分かった。

「本宮《もとみや》について、妙な噂《うわさ》が流れてやがる」

ベランダに出て、柵《さく》に腕《うで》を預けながら竜也はそう切り出した。

狭《せま》いベランダには、怜太《れいた》も腕を組んで立っている。珍《めずら》しく、その表情は暗い。

「発信源は一組の女子連中っぽいが……お前は何か聞いてるか？」

竜也の問いかけに対して、昨日の出来事を説明する。

噂の存在を知り、芹香や陽花里《ひかり》から話を聞いて、美織の家を訪ねるまでのことを。

「なるほどな……まあ、結局は事実無根の噂なんだろ？」

竜也はそう言って、面倒臭《めんどうくさ》そうに息を吐《は》く。

「ああ、さっきも言った通り、そう見えるかもしれない事故があっただけだ」

――事故、ではなかったけど。今、それは明かせない。

それを説明する場合、美織の気持ちにも触《ふ》れることになる。

何より、俺《おれ》の前には怜太がいる。勝手に昨日の話をするのは躊躇われた。

その怜太は俺の話を聞いても、何も喋《しゃべ》らなかった。

ずっと、曇《くも》っている空を仰《あお》いでいる。

「詩《うた》が落ち込んでる」

悔《くや》しがるように呟いたのは竜也だった。

竜也の視線を追って、窓越《まどご》しに教室の中を見る。

いつも明るかった詩が、自分の席で黒板を眺めている。

「俺の耳にも入ってきたってことは、当然詩たちも知ってるはずだ」

……まあ一組の女子グループから始まった噂だ。

二組の男子よりも先に、女子に広まっていると考えるのが自然だろう。

「そうだな……それに、詩は美織と同じ女子バスケ部だし」

「……同じ部活の親友が一週間もずっと休んでいるんだ。理由ぐらいは自分で調べていると思う。その結果、何も言えなくなって、今ああやって落ち込んでいるんだろう」

ようやく口を開いたのは怜太だった。

「詩のことだ。本来なら、美織が休んでいることをもっと大騒《おおさわ》ぎするはずだ。それをしない理由は、休んでいる原因と思われる噂が、僕たちに関係しているから。心配はしているけど、デリケートな話題だから変に触れられずにいる。そんなところだろうね」

相変わらず、人のことをよく見ている。

「本宮とは、まだ連絡《れんらく》取れるようにならないのか？」

「そうだね。『ごめんなさい。大丈夫だから』って言ったきり、反応がない」

「夏希が直接行っても無理だったんなら、結構深刻かもな」

難しい顔で竜也が唸る。

「芹香や詩にも聞いたけど、みんな連絡が取れないらしい。美織が休んでいることで噂の広まりも加速してる。できるだけ止めようとはしてるけど、ちょっと難しいな」

やっぱり、そうなのか。

芹香も同じようなことを言っていた。

「どうにかならねえのか？　結局、ただの嘘なんだろ？」

竜也は不快そうな表情で、拳《こぶし》をパキパキと鳴らしている。何をする気だよ。

「悪意を持って広まる噂は、止めるのが難しい」

怜太はまず結論を先に置いてから、説明を続ける。

「僕や夏希、星宮《ほしみや》さんはいわば当事者だ。僕たちが反論しても、美織を庇《かば》っているように見える。噂を広めている側は、それも利用するだろうね。現状、どんどん噂に尾《お》ひれがついている。美織を下げるためだけの……聞くに堪《た》えないものがね」

「そいつらはいったい何がしてえんだ？　本宮のことが嫌《きら》いなのか？」

理解できないという顔の竜也に、受け売りの解説をする。

「芹香から聞いた話だと、美織と対立してる女子グループがあるらしい。多分、そこが広めてるって話だ。特に、長谷川《はせがわ》って人が美織を嫌っているって言っていた」

長谷川、という名前を出した瞬間、怜太の表情が曇る。

「……やっぱり、陽子《ようこ》か」

「知り合いなのか？」

「同じ中学だよ。昔、ちょっとね」

憂《うれ》い顔の怜太に対して、竜也は「ああ……」と、面倒臭そうな顔をした。

「長谷川なら、お前が直接言ってみりゃいいんじゃねえか？」

「多分、そう簡単にはいかないよ。表面上は説得できるかもしれないけど」

怜太は、それから何かを考え込むようにじっと黙《だま》っている。

「……悪い、怜太。俺のせいで」

謝らずにはいられなかった。

この事態の原因を作ったのは、俺だ。

「別に君のせいじゃないよ。元はと言えば……僕のせいだ」

怜太は悔《く》やむように呟《つぶや》いてから、切り替《か》えるように首を軽く振《ふ》る。

……僕のせい？　それは、どういう……と、尋《たず》ねる前に、怜太は宣言する。

「美織の家に行ってみるよ。まずは、そこからだ」

奇《く》しくも、怜太が辿《たど》り着いたのは昨日の俺と同じ結論だった。

俺は何もできずに逃げ帰《かえ》ってきたけど、怜太なら何かをできるかもしれない。

……美織の気持ちが、俺に向いているのだとしても。

あいつの恋人が怜太であることは、変わらないはずだから。

＊（白鳥《しらとり》怜太）

噂を耳にした時、嫌《いや》な予感がした。

美織が休んでいると知り、最悪の予想が脳内で展開された。

正直、当たってほしくはなかった。でも、僕の予想が外れることは少ない。

美織と条件付きの恋人契約《こいびとけいやく》を結んだ時、最初からこの契約が孕《はら》んでいるリスクには気づいていた。内情がどうあれ、対外的には、僕と美織は付き合っているとみられる。

美織が夏希のことを好きだと知っているのは、僕だけだ。夏希と一緒《いっしょ》にいても責めないと言っているのは、僕だけだ。周りのみんなは一般《いっぱん》常識的に、そう思っていない。

僕と付き合っている美織が夏希と一緒にいたら、周りは良い印象は抱《いだ》かない。

もし美織が自分の気持ちを抑《おさ》えられずに何かしらの行動を起こしたら、周りが浮気《うわき》だと考えるのは当然だ。僕がそれを許容しているなんて、普通ありえないから。

――その周りからの重圧も、狙《ねら》いの一つだったと言わなければ嘘になる。許容しているとはいえ、好きな人が他の人と一緒にいるなんて、あまり良い気分ではないから。

そんな僕の浅ましい思考の結果が、今ここにある。美織を強引《ごういん》に説得して、条件付きの恋人契約を結んで、いずれは振り向かせてみせるなんて格好つけた結果が、ここに。

この契約は美織を苦しめることになるって、最初から分かっていたのに。

後悔《こうかい》の念に駆《か》られながら、美織の家の方角へと歩いていく。まだ家に上がったことはないけど、地元を案内してくれたことがある。だから、美織の家の場所は知っていた。

部活が終わった後だから、すでに日は沈んでいる。

街灯が少なく、暗い道を進む。人気もなく、車だけがたまに通っていく。

美織の家に辿り着く必要はなかった。

その手前にある公園に、美織の姿があったからだ。

ぼうっとした様子でベンチに座っている美織のところに近づいていく。

美織以外、誰もいない公園。一つだけ街灯がある。足元には大量の落ち葉。どうやら公園内の木は、すべての葉を散らしているようだった。寒々しさを感じる。

足音に気づいたのか、俯《うつむ》いていた美織が顔を上げた。僕を見て、表情を歪める。

「……怜太くん」

「……美織。返信がないから、会いに来たよ」

美織の前で足を止める。よく見ると、美織は制服を着ていた。

もしかして、学校に行こうとしていたのか。手元には鞄《かばん》も置いてある。

「いつから、ここにいたんだ?」

僕の問いかけに、美織は答えなかった。吐く息は白く、少し震えている。

とりあえずブレザーを脱《ぬ》いで、美織の肩にかける。そして近くの自販機《じはんき》で温かいお茶を買ってから、美織の隣《となり》に座った。美織の手を取って、強引に受け取らせる。

「……ありがとう」

美織は申し訳なさそうに頭を下げて、お茶を一口含《ふく》んだ。

「……あったかい」

「こんなところにずっといたら、冷えるよ。家に帰って、湯舟《ゆぶね》に浸かって、布団《ふとん》を厚くして寝《ね》た方がいい。病《や》み上がりなんだろう? もう一度風邪《かぜ》を引いたらどうする」

つい、少し責めるような口調になってしまった。

「大丈夫。別に、風邪《かぜ》を引いていたわけじゃないから」

「……だとしても、だよ」

乾《かわ》いた風が、僕らの髪《かみ》を撫《な》でる。

何から話したものか。少し悩んだ僕よりも先に、口を開いたのは美織だった。

「……私、怜太くんに謝《あやま》らなきゃいけないことがあるんだ」

「噂のことなら、聞いたよ。出所も分かってる。必ず鎮《しず》めてみせる。だから――」

「――しなくていいよ。ただの、事実だから。何の反論もない」

僕の言葉を遮って、美織は断言した。

「噂の原因になった出来事なら、夏希は事故だと言ってたよ」

「足がもつれたってことにして夏希に抱き着いたの。だから、わざとだよ」

……想定はしていた。おそらくそうだろうとすら思っていた。

だというのに、いざ本人の口から肯定《こうてい》されると、ずしりと心にのしかかる。

「抱き着いたのも、手を出したのも、事実。長谷川さんたちは本当のことを言っているだけだから、何も悪くないんだ。……悪いのは、私だけ。ごめんね、裏切って」

「……僕は、君が夏希のことを好きなままでいいと言った。夏希と一緒にいてもいいとも言った。だから謝る必要はない。正しい意味での恋人では、ないんだから」

「それでも私は、怜太くんのことを好きになっていって、ちゃんと恋人として振る舞《ま》いたかったんだ。それが、最低限の誠実さだと思って……あなたと付き合っていた」

だけど、結局、私は自分の欲望に負けたと美織は語る。

「怜太くんのことを好きになりたかったけど……できないみたい」

「……もう少し、僕に時間はもらえないのか？」

話の流れは理解していたけど、つい抗うように尋ねてしまう。

「私みたいな最低の女より、怜太くんにはもっと相応《ふさわ》しい人がいるよ」

美織は、ゆっくりと首を横に振った。その目元には、涙《なみだ》が浮《う》かんでいた。

「だから、ごめんなさい。私と、別れてください」

頬を伝った涙は雫《しずく》となって、ぽたりと地面に落ちていく。

説得の余地はないようだ。仕方ない。最初から、こうなるはずだった。本来あるべき関係を捻《ね》じ曲げたのは僕だ。こんな事態になっても、それを続けようとは思えない。

重く息を吐き出してから、ゆっくりと頷《うなず》く。

「……学校には、行けるのかい？」

「明日は、ちゃんと行くつもり。このまま休んでいるわけにはいかないから」

おそらく今日も行くつもりだったのだろう。

それでも足が動かず、ここにいた。もしかすると、昨日もそうだったのかもしれない。

美織は相当な精神的ダメージを受けている。見ているだけで、それは分かる。

……だけど、どうやら僕には美織を救えないらしい。

「噂には、どう対処する気なんだ？」

「何もしないよ。悪いことをしたんだから、その罰は受けないと駄目だと思う。友達は減るかもしれないけど、仕方ないよ。……それに、陽花里ちゃんにも謝らないと」

美織は気丈《きじよう》に見える口調で、そんな風に答えた。

それは砂上の楼閣《ろうかく》のように、今にも崩《くず》れそうなハリボテの意思に見えた。


——ここにいるのが夏希なら、今の美織に何を言う？

何も言えない僕の胸中で、そんな問いがぐるぐると渦巻《うずま》いていた。

……それでも、僕にできることは、まだあるはずだ。

＊

怜太が美織の家に向かった翌日だった。

いつも通り電車を乗り継《つ》ぎ、学校の前にたどり着く。

視界の奥《おく》で、ポニーテールが揺れていた。久しぶりに見た、後ろ姿。

美織が学校に来ている。思わず駆け寄って声をかけようとしたが、足を止める。

……今、俺が美織と話すべきじゃない。おそらく噂に悪影響《あくえいきょう》を及《およ》ぼす。

つまり、怜太が何とかしてくれたのか。

俺には何も言えなかったけど、怜太の言葉は美織に響《ひび》いたってことだ。

幼馴染《おさななじみ》としては、少しだけ悔しいと感じる。

でも、美織が学校に来てくれた安堵《あんど》の方が大きい。本当によかった。

美織とあえて距離を取りながら、玄関《げんかん》で靴《くつ》を履《は》き替え、階段を昇《のぼ》り、廊下《ろうか》を歩く。

「え？　あれって本宮さんじゃない？」

「わ。噂の……このまずっと休むのかと思ってた」

美織に、視線が集まっている。特に女子を中心とした好奇《こうき》の視線が。

「よく普通《ふつう》に顔出せるね。なんかいろんな男に手出してたのがバレたんでしょ？」

「そうそう。なんかバスケ部の先輩の彼氏《かれし》も誘惑《ゆうわく》してたんだって」

さらには、噂に尾ひれがついている。俺に手を出したという話だけじゃなく、おそらく若村《わかむら》先輩との騒動《そうどう》が起きた時の話まで、悪意を持って塗《ぬ》り替えられている。

「彼女がいる男を漁《あさ》るのが趣味《しゅみ》なんだって」

「えー、最悪じゃん。普通に引くわ。そういう顔があんのね」

……吐き気《け》がする。悪意があるのは噂を作っている連中だけで、今話しているのはただの興味本位だと分かっていても、今すぐその口を掴《つか》んで塞いでやりたかった。

遠くから見ている俺にも噂が聞こえてくるんだ。当の美織は針のむしろだろう。

ひたすら俯いて歩いていた美織が、教室に入っていく。

「灰原《はいばら》くん、ちょっといいかしら？」

そんな美織の後ろ姿を見ていた俺に、話しかけてきたのは七瀬《ななせ》だった。

その口調は冷たい。あまり機嫌《きげん》が良いとは言えないように見える。

「……ああ」

七瀬の後をついていくと、教室棟《とう》と体育館を繋ぐ人気のない空間で足を止めた。

振り返った七瀬は、不満そうな顔で俺を睨《にら》む。

「……貴方《あなた》、陽花里の恋人だという自覚はあるの？」

最初に飛んできたのは、予想の外からの質問だった。

「それは、もちろん……あるつもりだけど」

「だったら、もう少し陽花里の気持ちを気にしてあげてほしいのだけれど」

俺を責めるような口調だった。

「噂の件は、知っているわ。ただの事故だということも。陽花里から聞いたから」

……だとしたら、何が問題なんだ？

「一応、説明はちゃんとしたつもりだけど……」

「本宮さんのことを気に掛《か》けるのは、悪いことじゃないけれど。……陽花里だって、不安なのよ？　貴方が嘘をついているとは思っていなくても、そんな事故が起きるほど、普段《ふだん》から仲の良い異性が傍《そば》にいるわけでしょう？　……そもそも、陽花里はその日、貴方が本宮さんと会っていたことなんて、知らなかったと言っていたわ」

確かに、俺は陽花里に言わなかった。

美織と遭遇《そうぐう》したのは、ただの偶然《ぐうぜん》だったから。

その後、夜遅《よるおそ》くまで一緒にバスケをしたのは、その延長線上の認識《にんしき》だった。

そもそも美織は幼馴染で、恋愛の枠《わく》には入っていない——のだろうか？　本当に？

分からない。少なくとも、美織の認識はそうじゃなかった。

「立場を逆にして考えたら、どうかしら？」

七瀬の言葉を受けて、想像する。

もし陽花里に仲の良い異性の幼馴染がいたとしたら。

俺という恋人がいるのに、知らない間に会っていることがあるとしたら。

……確かに、不安になると思う。俺は、本当に、陽花里に好かれているのかって。

「例の噂のせいで、陽花里にも不躾《ぶしつけ》な声が来たりするわ。貴方について、別れた方がいいとか、軽い男かもしれないとかね。陽花里はその度《たび》に、否定しているけれど」

……やっぱり、俺の悪い噂も出回っているのか。

噂を作っている長谷川の標的は美織のはずだが、派生しているらしい。

「相当、精神的な負担になっているはずだけれど、腹立たしいのは、そんな陽花里に気づかないまま、休んでいる本宮さんのことばかり気にしている貴方の態度よ」

反論の余地はなかった。全くもって、七瀬の言う通りだった。

陽花里は大丈夫《だいじょうぶ》だと思っていた。だけど、それは単なる俺の思いこみだ。

分からなかった。あの気丈な態度の裏に、どんな気持ちを隠していたのかを。

「……悪気がないのは分かっているわ。私も、本宮さんのことは心配している。優しい貴方が気にかけるのは当然だと思うけれど……陽花里のことも、ちゃんと見てあげて」

七瀬は、訴《うった》えかけるように言う。

「分かった。ありがとう、七瀬。教えてくれて」

恋人である以上、俺は陽花里を何よりも優先しないといけない。

それが恋人としての責務。ようやく、恋人という言葉の重さに気づいてきた。

＊（本宮美織）

——教室が、私の敵になっていた。

当然の報いだった。仲が良かったはずの友達すら話しかけてこない。

席に座《すわ》ってじっとしていると、多くの視線を感じる。肌《はだ》に突《つ》き刺《さ》さるような感覚が不快で仕方ないけど、耐《た》えるしかない。だって、反論することなんて何もないんだから。

「あら、本宮じゃん。来たんだ、学校に」

薄《うす》く笑いながら、話しかけてくる人がいた。

もちろん、それは私の味方じゃない。嘲笑《あざわら》うような声音《こわね》が物語っている。

「……何か、用かな？　長谷川さん」

「しばらく休んでいたから心配したんだけど、何かあったのかなと思って。ねぇ？」

長谷川さんの言葉に、取り巻きの女子も同意する。

「体調なら、もう大丈夫だよ」

本当は風邪なんて引いていないけど、そう言うしかなかった。

足が震えて動かなかった……なんて言っても、信じてもらえないだろうから。

それに、被害者《ひがいしゃ》ぶっていると思われそうで、あまり言いたくない。

「あ、それとさ～、なんか本宮について変な噂が流れてるから、ちょっと事実を確認《かくにん》しておこうと思ったんだよね。ただの噂だし、まさかとは思うけど、一応ね？」

くすくすと、取り巻きの女子と笑い合いながら、長谷川さんは問いかけてくる。

こっちに注目している周りにも聞こえるように、少し大きめの声で。

「怜太くんと付き合ってるのに、灰原くんに浮気したっていう話、本当なの？」

……どうしよう。返答が難しい。

聞かれた内容が、思っていたものと少し違う。

これに頷いてしまうと、夏希に迷惑《めいわく》をかける。

「それは、違うよ……」

「えー？　でも、見た人がいるらしいよ？　あんたが灰原くんと抱き合ってたところ」

噂には、尾ひれがつくと分かっていた。

でも、この方向性は否定しないといけないよね。

私が責められるだけならいいけど、夏希に迷惑はかけたくない。

「えっと、私は――」

「――美織、少しいいかい？」

この教室の中では、聞こえるはずのない声が聞こえた。

二組の怜太くんが扉《とびら》を開けて、私たちのところに近づいてくる。

その後ろには、芹香が控《ひか》えていた。もしかして、芹香が呼んだのかな……？

教室が、ざわめき立つ。さらに注目が集まってきた。

「心配したよ。しばらく高熱で休んでいるようだったから」

あえてやっているのだろう。怜太くんの口調はどこか演劇染みていて、その声は教室全体に響くほど明瞭《めいりょう》だ。そんな態度がサマになっているのは、流石《さすが》だと思う。

「どうやら君について、事実無根の噂が流れているらしい。所詮《しょせん》、ただの噂だけど、広がる前にちゃんと否定しておいた方がいいと思ってね。僕《ぼく》は分かっているけどさ」

柔和《にゅうわ》な笑《え》みを浮かべながら、怜太くんは告げる。

笑っているのに、妙な迫力《はくりょく》がある。

そんな怜太くんに気圧《けお》された様子の長谷川さんが、口を挟《はさ》んだ。

「な……何よ？　確かに見た人がいるのに、それが嘘だって言うの？」

「そうじゃない。ただ、その人が抱き着いたように見えるって言っている場面は、単に美織が転びかけて、それを夏希がとっさに抱き留《と》めただけだ。ただ、それだけ」

そこで言葉を切って、怜太くんは教室後方に控えるひとりの女の子に話しかける。

「――そうだろう、水瀬《みなせ》さん？」

それは、私と夏希が抱き合っているところを見たという張本人だった。

水瀬さんは緊張《きんちょう》した様子で、おずおずと肯定する。

「う、うん……遠くから見ただけだから、最初はつい、抱き着いたように見えたって話したけど、冷静に考えたら、足がもつれて転んだって感じの方が近いと思う」

……水瀬さんは、急に話を振られて、こんな流暢《りゅうちょう》に喋れる子じゃない。

間違《まちが》いなく、怜太くんが最初からこの流れを仕込《しこ》んでいる。

「……怜太くんはそれを信じるの？　美織に騙《だま》されてるだけかもよ？」

長谷川さんは、鬼気迫《ききせま》るような表情で怜太くんを睨みながら、反論する。

「単なる噂より、僕は美織を信じるよ」

にこりと、怜太くんは笑いながらそう告げた。

「あの、怜太くん。私は――」

「——夏希に、迷惑をかけたくないんだろう？」

この流れを止めようとする私に対して、怜太くんは耳元でささやいてくる。

「だったら、これが最善だ。変に罰を受けようとはしない方がいい」

……こういう言い方をすれば、私が真実を話せないって分かっているんだ。

確かに、そうかもしれない。

噂に対して、内容の一部だけを認めるのは難しい。

どうせ尾ひれがついて広まる。だったら全部否定する方が効果的だとは思う。

「てかさ、単にそれだけの話なのに、なんか噂に別の話まで混ざってない？　バスケ部の先輩《せんぱい》の男にも手を出してるとかさ……そんな事実ないじゃん？　まったく。誰が言い出したんだろうね？　よくないと思うな。人が休んでいる間に、適当な嘘《うそ》を広めるのは」

芹香が、いつも通りだるそうな口調で言った。

誰が言い出したのかと問いかけながらも、その目はじっと長谷川さんを見ている。

明言はしていなくても、誰に言っているのかは明白だ。

「もしかしたら、嫉妬《しっと》してるのかな？　美織が怜太くんと付き合ってるから」

芹香の嘲笑うような言葉が、教室に響き渡《わた》る。

長谷川さんは「なっ……」と、顔を真っ赤にするが、何も言えない。

それを否定すれば、嘘を広めているのは自分だと認めることになるから。

教室内の空気が、変わっていくのを感じる。

「何だよ、ビビらせやがって」

「ま、俺はそんなことだろうと思ってたよ」

「あ、ずりぃな。だったら俺もだよ。だいたい本宮ってそんなやつじゃねえだろ」

「白鳥くんが庇うってことは、やっぱり嘘だから？」

「でしょー？　だって本当に浮気してたら、庇う理由ないもん」

「じゃあ、全部嘘ってこと？　だったらひどくない？　本宮さんが休んでる間にさぁ」

私を敵と認識していたはずの空気が、変わっていく。

そのタイミングで、まるで計算されたかのように始業の鐘《かね》が鳴った。

「おっと、じゃあ僕は行くよ。またね、美織」

怜太くんは芝居《しばい》がかった調子で肩《かた》をすくめてから、一組の教室を出ていった。

長谷川さんたちは、居心地《いごこち》悪そうに私の前から去っていく。

……私は別に、責められても構わなかったのに。肩透《かたす》かしのような感覚だった。

「責められたい人を責めたって、罰にならないでしょ？」

芹香が、そっと私の肩に手を乗せた。確かに、それはそうかもしれない。

まあさ、と芹香がため息をつきながら、小声で言う。

「ぶっちゃけ、そんな気にすることじゃないと思うよ。ちょっと抱き着くなんて普通にあるでしょ。私だって、ライブが終わった後は思いっきり夏希に抱き着いたし」

「……駄目《だめ》だよ。だって芹香と違《ちが》って、私はそういう気持ちで、抱き着いたんだから」

そもそも芹香の時は、まだ夏希は陽花里ちゃんと付き合っていなかった。

「そう。……分かってるなら、ちゃんと反省しなよ。自分で」

ぽんと背中を叩《たた》かれたので、私は頷く。みんなの優《やさ》しさが温かいと思う。

いつも通りに戻《もど》った空気の中で、一限目の授業が始まる。

授業中も少しだけざわついていたが、嫌な視線は感じなかった。

ぼうっとしながら授業を終えると、仲の良い友達が私のところに集まってくる。

「ごめんね、美織のこと疑っちゃった」

謝る必要はない。なぜなら、それで正解なのだから。

――と、今更《いまさら》言うことはできない。怜太や芹香たちの行いを無駄《むだ》にするから。

私はもう、あの日の出来事を嘘にすることしかできないのだ。

「気にしないで。そう見られても仕方ない状況《じょうきょう》になったのは、事実だから」

だから乾いた笑みを浮かべて、そんな風に答える。

仲の良い友達グループの中ですら、真実を話すことはできない。

「ていうかさ、ムカつかない？　あいつら、適当なことばっかり言って」

友達のひとりが、長谷川さんたちのグループを睨みつける。

「ねー。いくら嫌いだからって、そこまでする？　ヤバいよね普通に」

もうひとりは、長谷川さんたちのグループに聞こえるぐらいの声量で言った。

ざわ、と教室が露骨《ろこつ》にざわめくのを感じる。

……これはよくない流れだ。私は長谷川さんたちを責めたくない。

だけど教室の空気は私だけでは変えられない。私に向いていたはずの視線が、今度は長谷川さんたちに向いている。長谷川さんは強気な態度で腕を組んでいるけど、居心地は悪そうだ。取り巻きの女の子たちも、どうすればいいのか迷っているように見える。

「自業自得《じごうじとく》でしょ。適当な嘘をついてたのも事実だし、気にすることないよ」

芹香はそう耳元でささやいてくる。

……でも、嘘をついているのは私も同じだ。悪いことをしたのに庇われている。

そんな雰囲気《ふんいき》の中で、一組の教室に現れたのは詩だった。

「ミオリーン！」

教室の外で手を振っていたので、芹香が手招きする。

すると、詩は元気いっぱいな様子で私に駆け寄り、抱き着いてきた。

「もう、心配したじゃん！　ぜんぜん連絡取れないし！」

喜んでいたはずなのに、次は頬《ほお》を膨《ふく》らませて怒《おこ》る詩。相変わらず表情豊かだ。

「……ごめん。その、寝込《ねこ》んでたから」

久しぶりに詩と話せたから、つい口元が緩《ゆる》む。

「でも、良かった！　良くない噂の件も、なんか解決したんでしょ⁉」

輝《かがや》くような笑顔《えがお》で尋ねてくる詩に、私は頷く。

本当に解決したのかはともかく、表面上の決着は見せている。

怜太くんの仕込みが私を救いあげていた。反論すらできないほど完璧《かんぺき》に。

「それにしても、ひどい噂だよね！」

詩はぷんすかと、露骨に怒るような素振《そぶ》りを見せる。

嫌な予感がする。聞きたくない。

でも耳を塞《ふさ》ぐよりも先に、詩の言葉が聞こえてくる。

「ミオリンはそんなこと絶対しないって、あたしは知ってるから！」

呼吸が、止まるかと思った。

詩の無邪気《むじゃき》な信頼《しんらい》が、痛い。心が引き裂《さ》かれそうだった。

ここに私がいる資格はなかった。私は詩が信じるような人間じゃない。

「そうだよね。美織はそんなことしないよ。優しいから」

「そもそも、あの怜太くんを捨てて浮気する理由、何もなくない？」

その場の全員が、うんうんと頷いている。……芹香を除いて。

「だいたい美織は星宮さんとも仲良いんだから。友達の彼氏を取ったりしないでしょ」

「だよね！　あたしは、ミオリンが怜太のことを好きだって、二人が付き合うずっと前から知ってたから！　ナツはただの腐《くさ》れ縁《えん》の幼馴染だって、いつも言ってたし！」

あはは、とみんなが笑い合う中で、私だけがずっと凍《こお》り付いていた。

上手《うま》く誤魔化《ごまか》せていたのかどうか、まったく分からない。

＊

「これで、噂はひとまず落ち着くかな」

怜太は少しほっとした様子で、そんな風に切り出した。

昼休み。俺たちは人気のないところを探して、屋上に来ていた。あんまり人に聞かれたい話じゃないからだ。面子は俺、怜太、竜也、七瀬、陽花里、詩。いつもの六人だ。

「流石ね、白鳥くん」

「怜太くんの大立ち回り、わたしも廊下で聞いてたよ。かっこよかったね！」

陽花里は拍手《はくしゅ》して、怜太を賞賛している。

……かっこよかった、という言葉に、少しもやもやした。

なんて心が狭いんだ、俺は。せめて表情には出さないように、頷いておく。

「完璧だったな。あれ、仕込んでたんだろ？」

怜太に尋ねる。俺も、陽花里と同じように廊下で聞いていた。

怜太の立ち回りは完璧だった。これ以上ないぐらいに。

「芹香に相談して、夏希たちを見かけた当人の水瀬さんを呼び出してもらったんだ。彼女《かのじょ》もこんなことになるとは思っていなかったみたいでね、積極的に協力してくれたよ」

美織は学校に来た。悪い噂もなくなった。これで解決したと思う。

……だというのに、この薄気味悪《うすきみわる》い感覚は何だ？

このまま終わらせていいのか？　何か、気づけていないものがないか？

「長谷川だっけ？　あいつら何も言えなくなってたぜ。いい気味だ」

「あははっ！　その後も居心地悪そうだったし、ちょっとスカッとしたね！」

「悪いことをしたのだから、そのぐらいの罰《ばつ》は受けるべきでしょう」

和気あいあいと、会話が弾《はず》んでいる。

陽花里たちは弁当、俺《おれ》や竜也は購買《こうばい》で買った総菜パンを食べながら。

「……夏希くん、どうしたの？」

黙り込《こ》んでいる俺を、陽花里が心配そうに覗《のぞ》き込んでくる。

……駄目だ。今は、この場の会話に集中しよう。俺は陽花里の恋人《こいびと》なんだから。

「いや、何でもないよ。その卵焼き、美味《おい》しそうだなと思って」

「……一口食べる？　わたしが作ったわけじゃなくて、お母さんのだけど」

「え、いいのか？　じゃあ、もらおうかな」

すると陽花里は卵焼きを箸《はし》で挟んで、俺の口元に持っていく。

「はい、あーん」

「えっ……みんなの前だけど？」

恥《は》ずかしくないの？　と思ったが、陽花里の顔は普通に赤い。

みんなはニヤニヤしながら俺たちを見ていた。「いいから早く食え」と竜也。

ええい、ままよ。と、差し出された卵焼きに食《く》らいつく。

普通に美味《うま》い。陽花里のお母さん流石だ。ん？　というか、これって間接キス……いやいや、恋人だぞ俺たちは。何を今更。まあ、まだキスもしたことないけど……。

「お熱いですねー、お二人さん」

詩が楽しそうに俺たちを煽《あお》ってくる。

「あはは、やってみようかなって」と、陽花里は恥ずかしそうに笑っている。

七瀬が、冷めた目で俺を見ている。分かっている。言われなくても、そのぐらいは。

みんなの前で──それも、まだ俺と微妙《びみょう》な関係の詩が目の前にいるのに、イチャつきたがるなんて、いつもの陽花里じゃない。まあ当の詩はもう完全に吹《ふ》っ切っているように見えるが、それはさておき。俺たちは、みんなの前では今まで通りに振る舞っていた。

恋愛《れんあい》でグループを崩しかけた俺たちの暗黙《あんもく》の了解《りょうかい》──そのはずだった。

「夏希くん、これも食べる？」

「いや、大丈夫。もうお腹《なか》いっぱいだよ」

──今の陽花里は表面上普通に見えるけど、俺ばかりを気にしている。

理由は分かっている。不安なんだ。俺が、美織のことに気を取られているから。

軽く頭を振って、今度こそ美織のことを頭から追い出す。

「……陽花里」

恋人としての責務を果たすために。

「ん？　どうしたの？」

「……今日は一緒に帰ろう。寄り道でもしながら」

みんなには聞こえないように、小声で陽花里にささやきかける。

「うんっ！」

陽花里は空気が華《はな》やぐような笑顔で、俺の言葉に頷いた。

——これでいい。今の俺が、他のことを考える必要はない。

＊（本宮美織）

がらん、とバケツが地面を叩く音が響く。

視界がぼやけている。ぽたぽたと、体を伝って雫が垂れた。

体中が水浸《みずびた》しになっている。秋風が吹いて、冷えた体が寒さで震《ふる》えた。

顔を上げると、私に水をかけた長谷川さんは、鬼《おに》のような形相で私を睨んでいる。

「なんで……私が、責められなきゃならないのよ⁉」

胸倉《むなぐら》を掴まれた。ぐい、と引き寄せられる。息が、苦しい。

間近に、長谷川さんの顔が迫《せま》る。敵意、というよりは殺意を感じた。
この人は、私を憎《にく》んでいる。胸倉を掴んでいる手に込められた感情が恐《おそ》ろしかった。
「嘘をついているのは、私じゃなくてあんたでしょ⁉」
金切り声が、耳元でつんざくように響く。
まったくもって、その通りだった。嘘をついているのは私だった。
「……ごめん」
私には謝ることしかできない。
だって今更、この流れを止めることはできない。
もう真実を喚《わめ》き散らしたところで、怜太くんにも夏希にも迷惑をかけることになる。
ばしん、という音が炸裂《さくれつ》する。
弾かれるような痛みがあって、気づいたら地面に倒《たお》れていた。
頬がじんじんと痛む。地面に倒れた時に頭をぶつけたのか、視界が揺《ゆ》れる。
「なんで、浮気したあんたが、怜太くんに庇《かば》われるのよ⁉」
ぽたぽたと、涙が滴《したた》り落ちる。それは私のものじゃない。長谷川さんが泣いている。
――球技大会の日。
夏希たちが決勝戦を終えた後、私は長谷川さんに呼び出された。

そこにいたのは長谷川さんと、その取り巻きの女子に加えて、水瀬さん。
派手めな女子グループに囲まれて、大人しい水瀬さんは居心地悪そうにしていた。
『この子が見たらしいんだよね。あんたが、灰原くんに抱き着いたトコ』
取り巻きの二人はニヤニヤしていたけど、長谷川さんは怒っていた。
『ねぇ、水瀬？　確かに見たんでしょ？』
話を振《ふ》られた水瀬さんはびくりと肩を震わせ、怯《おび》えながら口を開く。
『……わ、私には、そういう風に見えました……すみません』
『……それ、もしかして、学校の南にある公園で？』
尋《たず》ねると、水瀬さんはこくりと頷く。
……ああ、そっか。あの場面を見られてたんだ。
『その様子だと、やっぱり事実なのね』
鋭《するど》く指摘《してき》してくる長谷川さん。反論の余地はなかった。
『あんた、怜太くんと付き合ってんでしょ？　だとしたら、浮気じゃないの？』
長谷川さんは怒《いか》りのこもった眼差《まなざ》しを私に向けてくる。
『……そうだね。その通りだと思う』
『……何よ、それ。反論もないわけ？』

何も言わない私を見て、長谷川さんはさらに眼差しを鋭くした。

『……許せない、あんたのこと。怜太くんの気持ちを弄《もてあそ》んで、最低だね』

長谷川さんは、怜太くんに好意を抱《だ》いている。私はだいぶ前からそれを知っていた。

『──必ず、ひどい目に遭《あ》わせてやる』

怒り混じりに、今にも泣きそうな表情が、恋心《こいごころ》の大きさを物語っている。

長谷川さんは心底失望したような目を私に向けてから、その場を去っていった。

自分が犯《おか》した罪の大きさを自覚したのは、その時だった。

『ごめん、なさい……広めたいわけじゃ、なかったのに……ごめんなさい……』

目の前で、水瀬さんが謝り倒している。

『……気にしないで。私が悪いの。だから、謝る必要はないよ』

すべてに対して不誠実だった。何を言っても、ただの言い訳にしかならない。

──次の日から、学校に足が向かなくなった。

体調が悪いわけじゃない。長谷川さんの言葉を怖《おそ》れているわけでもない。

自分が最低な人間だと気づいたからだ。生きる価値がなかった。だから、学校に行く気にもなれなかった。このまま死んだ方が、世のためじゃないかと考えていた。

私の悪い噂《うわさ》が広まっていることを、芹香のＲＩＮＥで知った。

みんなから、私の体調を心配するようなRINEがいくつも飛んできた。

……私は、みんなに心配されていいような人間じゃないのに。

夏希が家に来た。怜太くんと遭遇した。私は自分の罪を告白した。優しい二人は私を許したけど、糾弾《きゅうだん》してほしかった。罰を与《あた》えてほしかった。長谷川さんたちのように。

学校でどんなに悪い噂が広まっていても構わなかった。

このまま何もせずに許されてしまうよりも、ずっと良いと思った。

――だけど、今。

泣いているのは私じゃなくて、長谷川さんだった。

嘘をついているのは、長谷川さんじゃなくて、私だった。

私がみんなに迷惑をかけたのに、私はみんなに庇われていた。

『だったら、これが最善だ。変に罰を受けようとはしない方がいい』

もっとも私の行動に傷ついているはずの怜太くんすら、私を守ってくれている。

『ミオリンはそんなこと絶対しないって、あたしは知ってるから！』

これからも、こんな私を信じてくれる友達を騙し続けないといけない。

みんなの優しさが、他の何よりも苦しかった。罪悪感で押《お》し潰《つぶ》されそうになった。

「死んじゃえ……」

ぽつりと、長谷川さんは呟《つぶや》く。
弱々しい手で、私の胸倉を掴みながら。
「――死ね！　この屑《くず》女！　あんたなんか、消えてなくなればいいんだ！」
地の底に響くような怨嗟《えんさ》の声が、心まで響く。
……長谷川さんの言う通りだ。
私なんか、消えてなくなればいい。
少なくとも、みんなの傍にはもういられない。
今の私に、夏希たちと一緒《いっしょ》にいる資格は、もうなかった。
こんなことを言える立場じゃないけど、少し救われた気分だった。
「うん……分かった」
だけど、今はまだ消えられない。
最後に、謝《あやま》っておきたい人がいるから。
その人に会うまでは、まだ……。

「――何、してるの？」

驚《おどろ》きのあまり零《こぼ》れたような声が、後ろから聞こえる。

とっさに振り返ると、そこに立っていたのは、私が探している女の子だった。

▼間章二

「——だって、後悔《こうかい》はしたくないでしょ？」

言葉にしてから、思わず自嘲《じちょう》的《てき》な笑みが口元に浮《う》かぶ。

「……なんて。後悔ばかりの私が言うのも、おかしいけどね」

夏希《なつき》へのアドバイスのつもりが、完全に自分に跳《は》ね返ってきた。

どの口が言っているのか、という話だ。過去ばかりを追い求めていながら。

でも、あなたには、私のようにはなってほしくない。

最初に目指した虹色《にじいろ》の青春に向かって、真《ま》っ直《す》ぐに進んでほしい。

その結果、私の青春が灰色に染まったとしても。

「……何があったか、聞いてもいいのか？」

夏希は、私の顔色を窺《うかが》うように尋ねてくる。ちょっと驚いた。鈍感《どんかん》男のくせに、私の様子がおかしいとは感じていたらしい。でも、理由までは気づいてくれないんだね。

全部、あなたのせいだよ、と教えてあげたかった。

あなたのことが好きだから、好きで好きでたまらないから、あなたの傍にいると、苦しいんだよ。もう、あなたの隣《となり》は、私じゃない女の子が確保してしまっているから。

……今更、この気持ちを伝えることはできない。

「あなたにだけは教えてあげない。でも、あなたのせいだから」

「ええっ⁉」

夏希は驚きで目を見張っている。まさか自分のせいとは思っていなかったらしい。

良い気味だ。少しは自分の挙動を反省してほしい。私だって、あなたのことなんか好きになりたくなかったのに。だから、今こうなっているのは、全部あなたのせいだ。

「そろそろ帰らないとだね」

「そうだな。下手したら終電逃《のが》すぞ」

「でも、疲《つか》れて立てないや」

……ついつい暗くなっちゃいそうだけど、ちゃんと取り繕《つくろ》えたみたいだね。

私の心境とは裏腹に透《す》き通った夜空を仰《あお》ぎながら、立ち上がる。

不意に、夏希の顔が視界に入った。

仕方ないな、とでも言いたげな表情で、私のことを見ている。

どうしようもなく胸が苦しくなった。この場所を手放したくなかった。

　このまま、ずっとあなたに私のことを見ていてほしかった。

　──あの子のところに、行ってほしくないよ。

「あれ……？」

　わざとらしい台詞《せりふ》だった。自分の口から発せられたことが信じられないほどに。

　足がもつれた、ことにしよう。それが、免罪符《めんざいふ》になると思っていた。

　夏希の胸に飛び込んで、背中に腕《うで》を回す。分かっていたつもりだけど、昔よりもはるかに大きくなっていることを実感する。昔の夏希は、私よりも小さかったから。

　ぎゅ、と抱き締《し》める。引き締まった体で、胸板《むないた》が固《かた》い。中学の時の柔《やわ》らかそうなお腹は見る影《かげ》もなかった。あなたの努力の結晶《けっしょう》とも呼べる体を、愛《いと》おしく感じる。

　夏希の腕が、私の背中に伸《の》びる。それが単純に、倒れそうな私の体を支えるためのものだと分かっていても、私の心は浮き立つ。どきどきと、心臓が踊《おど》るように弾む。

「ご、ごめん……足が、上手く動かなくて……」

　膨らんでいく自分の気持ちを制御《せいぎょ》できなかった。

「だから途中《とちゅう》でやめとけって言ったのに」

「そんなの嫌《いや》だよ。負けっぱなしで終われるわけないでしょ」

「相変わらず負けず嫌《ぎら》いだなぁ……」

お願いします。許してください。

すぐに、元通りの私に戻るから、今だけは――

「……おい、美織《みおり》？」

――この一瞬《いっしゅん》が、いつまでも続けばいいと思う。

「……どうかしたのか？」

ぽんぽん、と髪《かみ》を撫《な》でられる。

どうして、そういうことするの？

普段《ふだん》は鈍感なくせにこういう時ばかり、私がしてほしいことに気づく。

……本当に、許せないなぁ。

「……ねえ、夏希」

馬鹿。鈍感男。高校デビューのくせに、生意気だ。

悪口ならいくらでも思いつくのに、私の口から出てきたのは別の言葉だった。

「あなたのこと好きだよ……って、言ったらどうする？」

抱き着いているから、分かる。夏希の体が、驚きのあまり動きが止まったことを。

少しだけ沈黙《ちんもく》があった。

どきどきと心臓を鳴らしているのは私だけで、夏希は困惑《こんわく》していた。

時間が経《た》つごとに、思考が冷えていく。

さぁっと、血の気が引いていく感覚があった。

——私はいったい、何をしている？

「あははっ！　なーに本気にしてるの？　冗談《じょうだん》に決まってるじゃん」

ばっ、と夏希から離《はな》れて、とっさにからかうような台詞を吐《は》く。

「……うるさいな。冗談にしたって、なんて返せばいいのか分からなかったんだよ」

夏希は、ほっとしたような様子だった。

「帰るよ！　早くしないと、終電なくなっちゃう！」

逃《に》げる。駅に向かうふりをして。今は、夏希に顔を向けられない。

少しでも、夏希から距離《きょり》を取りたかった。もう、こんな真似《まね》ができないように。

もっと、しっかりと、この恋心を封印《ふういん》しないといけない。

ああ、どうしてこんな感情があるのだろう。

恋《こい》なんて、しなければよかった。

恋をしなければ、苦しまずに済んだ。

幸せになるあなたのことを、心から祝福できた。

――あの頃《ころ》に戻りたいなんて、考えることにはならなかった。

零れる涙《なみだ》を夏希に見せないように、私は駅に向かって、走り続けた。

▼第三章　遠き日の約束

ベッドの上で、ぼうっと天井《てんじょう》を見つめる。今日は土曜日だった。

脳裏《のうり》に過るのは美織《みおり》の顔。……気を抜《ぬ》くと、美織のことばかり考えている。

それだけ、美織の言葉は衝撃的《しょうげきてき》だった。あいつが俺のことを好いているなんて、考えもしなかった。今になって振り返れば、何度も気づく機会はあったように感じる。

『……あなたも、そろそろちゃんと決めなよ？』

『あなたは陽花里《ひかり》ちゃんと、私は怜太《れいた》くんと恋人になった。お互《たが》いの目標達成だね』

『あなたのこと好きだよ……って言ったら、どうする？』

『――美織さんって、灰原《はいばら》くんのこと、好きですよね？』

それでも気づかなかったのは、無意識のうちに思《おも》い込んでいたからだ。

幼馴染《おさななじみ》の美織は素の俺をよく知っている。俺が頼《たよ》りない臆病者《おくびょうもの》だと分かっている。

だから美織だけは、俺を好きになることはない――そう、信じていた。

「馬鹿かよ、俺は……」

俺は、ずっと美織に恋愛相談をしてきた。

美織は、陽花里との恋を成就《じょうじゅ》させようとする俺を手伝ってくれた。

陽花里と結ばれた後も、引き続き美織に相談しようとした。

あいつは、どんな気持ちだったんだ？

好きな人が、自分とは違う好きな人の話をして、力を貸してくれと要求する。

あの笑顔の裏に、どんな感情を抱《かか》えていたんだ？

悪い噂の件は解決したとはいえ、今の美織の心境は想像もつかない。

何日も休むほどあいつを追い詰《つ》めたのは噂じゃない。元を辿《たど》れば、俺のせいだ。

俺は、あいつが怜太と付き合いたいのだと思っていた。

だから、怜太と距離を縮める計画を手伝っていたつもりだった。

美織も最初は、本当にそのつもりだったと思う。

実際、怜太との距離はぐんぐん詰まっていった。

だけど夏が終わるぐらいから、やけに美織の動きが鈍《にぶ》くなった。怜太も美織のことが気になっていると分かり、まさに距離を詰める絶好の機会だったはずなのに。

心変わりがあったと気づくべきだった。一番近くにいたのだから。

俺は何も気づかないまま、立ち止まっていた美織の背中を無理やり押したんだ。

本当の望みには、まったく気づかないままに。
「……何が、虹色青春計画だよ」
一番傍《そば》で助けてくれた人を追い詰めておいて、成功と呼べるはずがない。
だけど、今の俺がのこのこと顔を出しても、美織の救いになれるとは思えない。
怜太のように華麗《かれい》な立ち回りも、俺にはできない。
あの時の怜太はまさにヒーローだった。一生真似できる気がしない。
どうして美織は怜太じゃなく、こんな俺なんかのことを好きになったんだろう。
……いや、こんなことを考えても仕方がない。これもまた俺が変わった結果なんだ。
俺が二周目で自分を変えた結果、美織が俺を好きになってくれたんだ。
それ自体は、とても嬉《うれ》しいことだ。
俺が陽花里と付き合っていて、美織が怜太と付き合っている状態じゃなければ。
ふと、過去の——今よりも未来の記憶《きおく》が、脳裏に蘇《よみがえ》る。
一周目の美織は、たまに見かけると、楽しそうに日々を過ごしていた。
もし俺がタイムリープしたせいで美織の人生が変わり、今苦しんでいるとしたら。
——俺には、美織を救わなければならない責任があるんじゃないのか?
答えのない悩《なや》みに振り回されていると、スマホが振動する。

星宮《ほしみや》ひかり『今から電車乗るね！』


それは陽花里からのチャット通知だ。

今日は、陽花里とデートをする約束になっている。

陽花里が俺の歌を聞きたいと言ってくれたので、高崎駅周辺で軽く買い物やランチを済ませた後、カラオケに行くスケジュールだ。歌の練習もしたいから、丁度いい。

気分を切り替《か》えよう。

今は、陽花里とのデートを楽しむべきだ。

ただでさえ、陽花里を不安にさせているんだ。

美織を気にしているような素振りは見せるべきじゃない。


夏希《なつき》『おっけー！　俺も向かう！』


そんな返答をして、家を出る。電車に乗る。

今日はどんよりとした曇《くも》り空《ぞら》だった。天気予報には雨マークも出ている。

一応、バッグの中に折り畳《たた》み傘《がさ》は用意してきた。

高崎駅に到着《とうちゃく》すると、すでに陽花里が改札前で俺を待っていた。

「ごめん。遅《おそ》くなった」

「ううん、大丈夫《だいじょうぶ》。わたしも今来たところだから」

時間は十分前。遅《おく》れたわけじゃないけど、普段なら俺が先に待っているから、少し申し訳ないと思う。ふと陽花里の手を取って、繋《つな》ぐ。いつもより冷たい手だった。

「行こうか」

陽花里を伴《ともな》って、歩き出す。

まずは近くのモールに入り、服や小物を見る流れに。

休日なので、少し混んでいる。がやがやとした雑踏《ざっとう》の中を二人で歩く。

隣を一瞥《いちべつ》すると、陽花里は妙《みょう》に暗い表情で俯《うつむ》いていた。

「……陽花里？」

「あっ、ごめん。何か喋《しゃべ》ってた？」

「いや、別に喋ってたわけじゃないけど……」

どこか陽花里の様子がおかしい。

ぼうっとしていることが多い気がする。

「風邪《かぜ》とか、引いてないよな？」

「大丈夫だよ。それより、早く行こう！」

気のせい……ではないと思う。何か悩みを抱えている？

だけど本人が誤魔化したいのなら、指摘するべきじゃないよな。

その悩みの原因が俺という可能性も高いんだから。

「あっちの方とか、見てみようよ」

「そうだな」

気づかなかったふりをして、陽花里の冬服をいくつか見繕《みつくろ》う。

何だかんだで楽しい時間を過ごし、お昼時になった。

「お腹空いたね。ご飯なに食べる？」

陽花里がそう問いかけてきたタイミングだった。

ブー、と俺と陽花里のスマホが振動《しんどう》する。同時に通知が来たらしい。

「何だろう……？」

ポケットからスマホを取り出して、画面を見る。

それは、いつもの六人のグループチャット『夏希ファミリー』の通知だった。

詩《うた》『誰《だれ》かミオリンが今どこにいるか知ってる?』

　発信者は詩。内容は、美織の行方《ゆくえ》。嫌な予感が加速していく。

夏希『部活、休んでるのか?』

詩『うん。連絡《れんらく》なしで休んだし、スマホに電話しても出ないから、顧問《こもん》の先生がミオリンのお家に電話したんだけど、いつの間にかいなくなってるんだって』

竜也《たつや》『行方不明ってことか?』

怜太『すまない。僕《ぼく》も、何も聞いていない。今から調べてみる』

七瀬《ななせ》唯乃《ゆいの》『心配ね。最近、いろいろあったから』

詩『何もなければいいんだけど……セリーにも聞いてみる!』

　そんなやり取りで、いったんチャットが途切《とぎ》れる。

　手元のスマホから視線を上げると、陽花里と目が合う。

　人が行き交《か》うモールの中で、俺たちだけが立ち止まっている。

「……どこに行ったんだよ、あいつ」

幼い頃から、精神的に追い詰められると家を飛び出すところはあった。

今回も同じかもしれない。とはいえ、まだそうと決まったわけじゃない。悪人に誘拐《ゆうかい》された可能性も、事故に遭った可能性もある。あるいは、どこかで倒れているかも。

「……美織、ちゃん」

陽花里は余程《よほど》動揺《どうよう》しているのか、青白くなっている。

「……さ、探しに行くの？」

もちろん気持ちは、探しに行きたい。心配だから、今すぐにでも。

ただ、何の情報もないし、探す範囲《はんい》が広すぎる。俺が慌《あわ》てて飛び出したところで、どうにかなるとは思えない。それに、このままでは警察沙汰《ざた》になる可能性すらある。

その辺りの判断は美織の親と教師陣《きょうしじん》がするだろう。

「いや……情報がなさすぎる。あてもなく探したって仕方ない」

本当は、こういう時に美織が行きそうな場所の心当たりはいくつかある。

ただ、そこにいるって保証はない。そもそも、ここで陽花里を放置して美織を探しに行くのは恋人としての責務を放棄《ほうき》している。陽花里を大切にすると決めたばかりだ。

陽花里は視線を彷徨《さまよ》わせながら、「情報……」と、小声で呟いた。

「……美織ちゃんなら、昨日の放課後に会ったよ」

……何だって？

驚きで、目を見張る。

陽花里は暗い表情で俯いた。

そして陽花里はぽつぽつと語り始めた。

昨日の放課後にあった出来事を。

＊（星宮陽花里）

「――何、してるの？」

金曜日の放課後。

わたしは先生に頼《たの》まれて、倉庫から資料を運んでいた。

倉庫の裏側で何やら話し声が聞こえてきたので覗いてみると、そこにいたのは一組の長谷川《はせがわ》さんと美織ちゃん。よく見ると、美織ちゃんはずぶ濡《ぬ》れで、足元には空のバケツが転がっていた。わたしの声を聞いて、長谷川さんははっとしたように振り返る。

蒼白《そうはく》の表情になった長谷川さんは、わたしに背を向けて、逃げるように走っていく。

美織ちゃんは、無表情のまま、わたしに目を向けている。

「陽花里ちゃん……」

その挙動は、壊《こわ》れかけの機械のようにも感じた。

「だ、大丈夫⁉」

驚いている場合じゃない。慌てて美織ちゃんに駆《か》け寄る。

秋も深まったこんな季節にずぶ濡れの状態でいたら、すぐに風邪を引いてしまう。

「もしかして、長谷川さんが……？」

「……ううん。違《ちが》うよ。私が、勝手に水を浴びただけ」

美織ちゃんはゆるく首を横に振って、静かな声音《こわね》で答えた。

絶対に嘘《うそ》だ。

だとしたら、長谷川さんが逃げる理由がない。

二人の関係は元々悪いし、今朝の騒動《そうどう》はわたしも知っている。

だけど、指摘できない。美織ちゃんの声音が、あまりにも悲しそうだったから。

「と、とにかく……早く着替《きが》えた方がいいよ。体育着、教室にあるよね？」

「……後で、そうするね。それよりも私、陽花里ちゃんに話があるの」

こんな状態で、着替えよりも優先する話題があるの？

そうは思うけど、今の美織ちゃんを説得するのは難しそうだ。

「……何の、話？　例の噂の件なら、大丈夫だよ。夏希くんから聞いてるから。ちゃんと誤解だってこと、分かってる。それに、美織ちゃんには怜太くんがいるんだし」

「――違うの、陽花里ちゃん。誤解なんかじゃないんだ」

真に迫るような美織ちゃんの声音を聞いて、わたしの思考も停止する。

誤解じゃない……？　それは、どういう意味？　分からない。美織ちゃんは、今の話のどの部分を指して、誤解じゃないと言っているんだろう。分かりたくなかった。

「あれは事故じゃない。私は自分の意思で、夏希に抱き着いたんだ」

「な、なんで……？　どういうこと……？」

……そう尋ねながらも、心のどこかで納得《なっとく》していた。

本当は初めて噂を聞いた時から、何となくそんな気がしていた。

理屈《りくつ》じゃなくて感覚的な話だから、気のせいだと思いたかったけど。

「――私は、夏希のことが好きだから」

美織ちゃんは淡々《たんたん》と、単なる事実を告げるように言う。

何回もあった。もしかしたら、そうなんじゃないかって思うことが。でも、怜太くんのことが好きだって話だから、幼馴染特有の仲の良さなのかなって、そうやって自分を納得させてきた。……でも、違うよね、やっぱり。あれは、恋する女の子の顔だった。

「だから……ごめんなさい。謝って許されることじゃ、ないと思うけど」

美織ちゃんは腰《こし》を折って、頭を下げる。

感情が追い付かない。

だから、どういう反応をするべきなのか分からない。

……いや、謝ってくれたのだ。だったら、許すのが正解だと思う。

「分からないことがあるんだけど……じゃあ、どうして怜太くんと付き合ってるの？」

許そうと思ったはずなのに、口から出てきたのは違う言葉だった。

「……怜太くんを、好きになりたかったから」

「まだ好きになれてないのに、付き合ってたの……？」

「うん……そういうことだね」

俯いている美織ちゃんに対して、どろどろした感情が溢《あふ》れてくる。

「……そんな状態で、夏希くんに手を出したの？」

口から零れたのは、思っていた以上に冷たい声音だった。

そうだとしたら、怜太くんが可哀想《かわいそう》だ。

夏希くんだって、浮気《うわき》の疑惑《ぎわく》をかけられて迷惑《めいわく》している。
……ううん、言い訳はやめよう。美織ちゃんに怒《おこ》っているのは、わたしだ。
ずっと不安だった。
付き合ってからも、夏希くんの近くには美織ちゃんがいる。
だけど、二人を信じていた。ただの幼馴染だって言葉を、信じたかった。
二人がどう見ても他の友達とは違う信頼《しんらい》関係を築いていても、目を逸《そ》らしていた。
夏希くんの友人関係まで縛《しば》るような真似をしたくなかったから。
重い女だとは思われたくなかった。嫉妬《しっと》深《ぶか》い女だと気づかれたくなかった。
だけど美織ちゃんと一緒にいる時の夏希くんは、いつも気の抜けた顔で笑っている。
わたしと一緒にいる時とは、表情が違う。——心を許している。
それが羨《うらや》ましかった。妬《ねた》ましかった。
夏希くんの心の拠《よ》り所《どころ》は、ずっと美織ちゃんにある。わたしじゃない。
それが恋心じゃないとしても、怖《こわ》かった。
夏希くんの美織ちゃんに対する感情の大きさは、きっと本人には自覚がない。
いつか、恋に変わるかもしれない。
「じゃあ……わたし、美織ちゃんのこと、許せないかも」

分かっている。これは嫉妬《しっと》だ。

美織ちゃんに、暗い感情を押し付けているだけ。

わたしは怖いんだ。夏希くんを、美織ちゃんに取られるかもしれないって。

「そう、だよね……ごめんなさい。本当に」

ぽたり、と水滴《すいてき》が落ちる。

それが濡れた服から落ちたのか、涙なのかも分からない。

……こんなことを言うべきじゃなかった。感情任せの言葉を今更後悔《いまさらこうかい》する。

何が、許せないって？　わたしが許せないのは、美織ちゃんが夏希くんに抱き着いたことじゃなくて、夏希くんが美織ちゃんに向けている特別な信頼でしょう？

だとしたら、美織ちゃんを責めるのは間違《まち》っている。

すうっと、感情が冷えていく。一気に冷静さが戻《もど》ってくる。

ひどいことを言ってしまった。

この感情を美織ちゃんにぶつけるのは、間違っている。

「その……美織ちゃん。ごめん。こんなことを言うつもりは、なくて――」

「――謝らないで。悪いのは、私だけだから」

わたしの謝罪を遮《さえぎ》って、美織ちゃんは首を横に振る。

「じゃあ、もう私は消えるから」

それから美織ちゃんは背を向けて、その場から立ち去ろうとする。

「どこに、行くの……？」

家に帰るわけじゃないような気がして、問いかける。

「──ごめんね。さよなら」

美織ちゃんは、私の問いに答えなかった。

＊

美織は、自分の意思で消えた。

陽花里の話を聞く限り、それは間違いなさそうだ。

だとしたら……こんなところで悠長《ゆうちょう》にしている場合じゃない。

ただの家出というわけじゃないと思う。自殺すら考えている可能性がある。

「わたしの、せいだ……」

陽花里はその場でしゃがみ込《こ》んで、両手で顔を覆《おお》う。

周りの人が、何だなんだとこちらを見る。痴話喧嘩《ちわげんか》とでも思われているのだろう。

だけど、今はどうでもいい。

「分かってた。このまま見送ったら、いなくなっちゃうかもって。気づいてて、それでも何もしなかった。心のどこかで、このままいなくなっちゃえば、夏希くんが取られる心配はないって思っちゃったんだ。美織ちゃんのこと、好きなのに。……だから、わたしが悪いんだ。あの時、わたしが止めてたら、美織ちゃんはいなくならなかった」

嗚咽《おえつ》混じりに、陽花里は語る。

「……美織ちゃんを追い込んだのは、わたしだ」

「そう思い詰めるな。陽花里は何も悪いことをしてない」

そう、悪いのは美織だ。本人がそれを一番よく分かっている。

だからこそ、放ってはおけない。取り返しのつかない事態になってからでは遅い。

「陽花里、俺《おれ》は──美織を探しに行く」

恋人《こいびと》としての責務は、自覚しているつもりだ。

俺が闇雲《やみくも》に探すより、警察に任せた方がいいと分かっている。

「大丈夫だ。ちゃんと美織を連れて帰ってくる。だから、安心して待っててくれ」

それでも、このまま目を逸らしたら絶対に後悔する。

「約束するよ」

美織のためだけじゃない。陽花里のためにも、必ず約束を果たす。

「……ありがとう、夏希くん」

陽花里は涙を手で拭《ふ》いてから、こくりと頷《うなず》く。

「もちろん、わたしも手伝うけど……夏希くんには、心当たりがあるんでしょ？」

「任せとけ。昔から、かくれんぼであいつを見つけるのは、俺の役目だった」

そう言って、陽花里に背中を向ける。

走り出そうとした瞬間《しゅんかん》、服の袖《そで》を掴《つか》まれた。

陽花里自身も驚いたようで、自分の手をまじまじと見つめている。

「……最低、だね、わたし。こんな状況《じょうきょう》でも、行ってほしくないって思っちゃってる」

陽花里もかなり不安定だ。この行動が陽花里を傷つけると分かっている。

少しでも安心させたくて、ぎゅっと陽花里の体を抱《だ》き締める。

「ちょ、夏希くん、こんなところで……⁉」

わたわたと慌てる陽花里に、誓《ちか》いを立てる。

「──必ず、戻ってくるから」

＊（本宮《もとみや》美織）

幼い頃の私は、何も考えていなかった。
ただ、その日その時やりたいことを、全力でやっていただけ。
幸運だったのは、そんな無軌道《むきどう》な私についてきてくれる友達がいたことだ。
正直、女の子とはあんまり気が合わなかった。男の子と一緒《いっしょ》にいる方が楽だった。
体を動かすのが好きだったこともあり、自然と一緒にいるのは男の子だった。
「おい美織！　もう一度俺《おれ》と勝負だ勝負！」
一人目は、やたらと私に勝負を挑《いど》んでくる男の子だった。
名前は矢野修斗《やのしゅうと》。背が高く、元気な性格で、運動神経に自信を持っていた。
サッカーでも、バスケでも、野球でも、私は何度も修斗を倒《たお》した。
それでも修斗は諦《あきら》めることなく私に挑んできた。
最初は険悪だったけど、勝負を重ねるにつれ、段々と仲良くなっていった。
……成長するにつれて、サッカーだけは勝てなくなっちゃったんだよね。
「はっはっは！　またやっているのかお前たちは。元気だなぁ！」
二人目は、笑い声がやたらと大きい男の子だった。
名前は緑川拓郎《みどりかわたくろう》。ふくよかな体格の割に、運動が得意だった。

今思えば、幼い頃から妙に大人びた性格だった。面白《おもしろ》いから、という理由で、私と修斗の勝負をよく見学していた。もちろん交ざって遊ぶこともあったけど、一歩引いた立ち位置で私たちを見ているのが拓郎だった。暴走しがちな私を、いつも制御してくれていた。

……いや、面白がって放置されていることの方が多かったかもしれない。

「どうして、俺なんかと一緒に遊んでくれるの？」

三人目は、臆病《おくびょう》で地味な男の子だった。

名前は……灰原夏希。いつもひとりで、教室の隅《すみ》っこで縮こまっていた。

昼休み。校庭で遊ぶみんなを教室の窓から羨ましそうに眺《なが》めていた。だから私は夏希の手を引いて、強引《ごういん》にみんなの輪に入れた。夏希は最初こそ怖がっていたけど、私たちに馴《な》染《じ》んでいくにつれ、楽しそうに笑ってくれた。大人しいけど優《やさ》しい性格だった。

その四人で朝から晩まで、ずっと一緒に遊んでいた。

「サッカーやろうよ！　二対二ね！」

「上等だ！　今度こそ負かしてやるぜ！」

「あはは、修斗が私を倒すのは百年早いかなぁ～」

「何だと、てめぇ！」

「ちょ、二人とも。落ち着いて……！」

「はっはっは！　いいじゃないか、夏希！　お前はどっちにつく？」

「え、ええっ……!?」

「もちろん夏希は私の味方だよね？」

私が暴走して、修斗が張り合って、夏希が慌てて止めて、拓郎が腹を抱えて笑う。

そんな日々の繰《く》り返しだった。とても色鮮《いろあざ》やかな毎日だった。

その中でも特に楽しかったのは、みんなで秘密基地を作って遊んだことだ。

「なんか小屋があるぞ、こんなところに」

始まりは、近所の山の奥深《おくふか》くまで冒険《ぼうけん》に行った時だった。

修斗が獣道《けものみち》の脇《わき》を指差したので、私たちもそっちに目をやる。

「おそらくは廃屋《はいおく》だな。すでに使われていないだろう」

古びた小屋に近づき、周囲を眺めた拓郎がそんな風に分析《ぶんせき》する。

「ていうか、こんなところまで来て大丈夫かな？　戻った方がいいんじゃない？」

夏希はちょっと不安そうな顔で、私たちの後ろをついてきていた。

「決めた！　ここを私たちの秘密基地にしよう！」

そんな私の思いつきで、この場所に通うようになった。

——あの時に戻りたかった。

「行こうよ！　みんな！　あの太陽に向かって競走ね！」

楽しい日々だったけど、時には失敗して雨が降ることもあった。

「駄目《だめ》じゃない！　そんなことしたら！　廊下《ろうか》で反省してなさい！」

上手《うま》くいかないと逃げ出してしまう癖《くせ》があった。

誰にも分からない場所に行って、うずくまって、ひとりで泣いていた。

私は強いから、涙なんて誰にも見せたくなかった。

ちょっとだけひとりで泣いたら、すぐに元通りの私に戻れる。

だから、大丈夫。

それなのに、

「見つけた」

あなただけは、私がひとりで泣くことを許してくれなかった。

「かくれんぼは美織の負けだね」

私の涙を見なかったふりをして、軽口を叩《たた》いて、ずっと隣《となり》にいてくれた。

いつだって、そうだった。私が見つけてほしい時、あなたは必ず私を見つけてくれた。

今思えば、私はあの時、すでに――

「美織。俺、お前のこと好きだ」

そして小学六年生になって、修斗に告白された。

人に好意を伝えられたのは初めてで、少し怖かった。

「分かんない。そういうの……ねぇ、それでもさ、友達でいてくれるよね?」

だから修斗の気持ちも考えずに、友達でいることにばかりこだわった。

それがどれだけ残酷《ざんこく》な要求だったのか、今なら分かる。

「……ごめん。無理だ、俺」

いつもの四人が、バラバラになっていった。

「こんな時にすまない。親の都合で転校することになった」

子供の私たちにはどうしようもない事情で、拓郎がいなくなった。

私と夏希は二人だけになった。みんなに囃《はや》し立てられるようになった。

それが気まずくて、意識しちゃって、夏希と少し距離を置いた。

もう一度やりなおそうとしても、遅かった。

「お前は、俺なんかとは一緒にいない方がいいよ」

そして、私はひとりになった。全部、私のせいだった。

今も昔も何も変わっていない。大切な人たちを、私が傷つけている。

——こんな人間は、いなくなった方が良いに決まっている。

＊（佐倉《さくら》詩）

今日の部活はあんまり集中できなかった。

ミオリンが行方不明で、そのことばかり考えてしまう。

みんなも同じみたいで、今日の練習は早めに切り上げることになった。

ただでさえ、一週間前からずっと部活を休んでいる。

金曜は学校には来たけど、そのまま体調不良を理由に帰ってしまった。

だから、みんなミオリンを心配している。

「……詩。どうだ、何か分かったか？」

隣のコートで練習していたタツが駆け寄ってくる。男バスの練習も終わったらしい。

「ううん……何も。ひとりで、どこかに行っちゃったのかな」

そんな風に二人で話していると、若村先輩《わかむらせんぱい》に声をかけられた。

「詩。なんか友達が呼んでるよ」

若村先輩はそう言いながら、体育館入口の方を指差す。

そこにいたのはセリーだった。もうひとり、知らない女の子もいる。

「何か分かったのかもな」

「とりあえず、行ってみよっか」

タツと二人でそっちに向かうと、珍《めずら》しく難しい表情のセリーが口を開いた。

「美織の件について、怜太から情報が入ったから共有するよ」

「えっ⁉　何か分かったの⁉」

「一組の長谷川を問い詰めたら、昨日、美織にひどいことを言ったって白状したらしい」

「ひどいこと……？」

「まあ、死ねとか、いなくなれとか、そういう内容みたい。後は、顔を叩いたり、頭から冷たい水もぶちまけたとか。……普段《ふだん》の美織なら怒ってやり返すと思うけど、今は精神的に弱ってるから。多分、それが原因なんじゃないかって話だよ」

「そんなことしたら……いじめじゃん」

ミオリンと長谷川さんの仲が悪いのは知っていたけど、まさか、そんな……。

「嘘ついてたのがバレて形勢変わったから、今度は直接攻撃《こうげき》かよ？」

タツは苛立《いらだ》ったように言い、眉根《まゆね》を寄せている。

「……どこまでが、嘘だったのかな？」

つい呟《つぶや》きが零《こぼ》れる。

あたしの言葉で、タツも困った顔をした。

タツと目が合う。あたしとタツだけが知っている秘密がある。

それは球技大会の日。レイとミオリンの話を、盗《ぬす》み聞きしてしまったからだ。

『……まだ、夏希のことが好きなんだろう？』

そんなつもりはなかったけど、聞こえてしまった。

冗談《じょうだん》を言っているようには見えなかった。真剣《しんけん》な会話だった。

ミオリンはナツのことが好きなんだ。それをレイも知っていて、許容している。安易に聞けるようなことじゃなかったから、これはあたしとタツだけの秘密にしていた。

……それを前提にすると、あの噂《うわさ》は、どこまでが嘘だったんだろう？

『ミオリンはそんなこと絶対しないって、あたしは知ってるから！』

よく覚えている。あの時、純粋《じゅんすい》にミオリンを気遣《きづか》ったつもりだった。

だけどミオリンの表情は一瞬《いっしゅん》だけ、明確に凍《こお》り付いた。

嘘をついている人の表情だった。

「……その様子だと、二人も何か知ってるみたいだね」

セリーはそう言ってから、「情報を共有しよう」と提案してくる。

「陽花里ちゃんや夏希も誘《さそ》って、ファミレスに集めて。美織を探すにしても、闇雲に探しても意味がないから。具体的にどういう経緯《けいい》で何があったのか、整理しよう」

セリーも、相当ミオリンを心配しているみたいだ。

普段はもっとのんびりした感じなのに、いつになく焦《あせ》っている。

「……先輩、あたしの紹介《しょうかい》いいっすか？」

セリーの隣に立っている女の子が、口を開いた。

「あ、そうだ。この子は山野沙耶《やまのさや》。中三。最近、一緒にバンドやってるんだ」

ぺこりと頭を下げてくる山野さん。慌ててあたしも頭を下げた。

「よろしくっす。先輩がた」

「夏希や美織と同じ中学だから役立つかなと思って」

「美織先輩とは仲良かったんで、協力させてください。多分、役に立てるっす」

山野さんは真剣な表情だ。

本当にミオリンを心配していることが分かる。

というわけでセリーの言う通り、ミオリンと仲の良い面子を招集することにした。

＊（本堂芹香《ほんどうせりか》）

高崎駅付近のファミレスに、みんなを集合させる。

周りから見たら、高校生が集まってるのに静かだから、奇妙《きみよう》に映ると思う。

面子は、詩、竜也、唯乃、陽花里、沙耶、そして私を含《ふく》めた六人。

怜太と夏希は連絡が取れなかった。怜太は私に「美織を探しに行く」と電話で言っていたのが最後で、夏希も陽花里に同じことを言って、去っていったらしい。

最も事情を知っていそうな二人が来てくれないのは誤算だった。

まずは沙耶を紹介してから、本題に入る。

「じゃあ状況を整理するね。肝心《かんじん》の二人がいないけど、仕方ない」

陽花里がおずおずと挙手したので、私を含めてみんなの注目が集まる。

「えっと、どこまで話していいのか、分からないけど……」

「今まで美織のために言わなかったことがあると思うけど、今はそれなしね」

陽花里だけじゃなく、みんなに向けて宣言する。

何しろ、いなくなった美織が悪いのだ。

それが美織の行方に繋がるのなら、秘密を暴露《ばくろ》するぐらいは許されてほしい。

「そう、だね……じゃあ、昨日の放課後の出来事から——」

陽花里がもたらした情報は、昨日の放課後の美織とのやり取りだった。

相当後悔《こうかい》しているようで、いつもの明るさはどこにもない。声も震《ふる》えている。

「そいつは……確かに、今の本宮にはだいぶ効きそうだな」

竜也が難しい顔で言う。歯《は》に衣着《きぬき》せぬ物言いだが、実際その通りだと思う。

長谷川に罵倒《ばとう》されたことよりも、そっちの方が美織には響《ひび》くだろうね。

「あの……あたしとタツも、知ってることがひとつあるんだ」

詩が、申し訳なさそうな顔で喋り始める。

本来は言いたくなかったけど、仕方なくといった感じだ。

「盗み聞きみたいになっちゃったから黙《だま》ってたんだけど、今は緊急《きんきゅう》事態だから」

詩の目配せを受けて、竜也が言葉を引き継《つ》ぐ。

「どうも怜太と本宮は、普通《ふつう》に付き合っているわけじゃないらしい」

美織は夏希が好きだということを、怜太は最初から知っていたらしい。

陽花里は驚《おどろ》いた顔をしている。陽花里の話にそんな情報はなかった。美織が何も言わなかったんだろうね。美織なら、何を言っても言い訳になるとか考えそうだ。

「道理で、進展が遅いとは思ってた」

心当たりがあり、思わずため息をつく。

女の扱《あつか》いに慣れてそうな怜太と、少し前まではぐいぐい距離《きょり》を詰《つ》めていた美織。そんな二人のくせに、妙に健全な付き合いをしている違和感《いわかん》はあった。

「怜太の話を振《ふ》られてもあまり嬉《うれ》しそうじゃないから、何かあるとは思ってたけど」

「まあ、怜太の方も本宮の話をあんまりしなかったな。あいつは元々秘密主義だから気にしてなかったけど、普通はもっと惚気《のろけ》話とかするもんじゃねえの？」

「そうね……実際、陽花里なんかはしばらく惚気話しかできなくなっていたし」

「あの……唯乃ちゃん。余計なことは言わなくていいから」

真面目な顔で言う唯乃に、陽花里が咳払《せきばら》いをする。

「……いつから、心変わりしたのかな？」

詩が、過去を思い返すように遠い目をしている。

「気づいてあげられたら、よかったな」

いろいろと思うところがあるのだろう。詩は美織と似た立場の人間だ。

選ばれなかった人間と、そもそも土俵にすら立っていない人間の違いはあるけど。

「でも、なんか、ミオリンがナツのこと好きだったって言われると……なんだろ。違和感はないっていうか、むしろ納得しちゃうかな。全然、気づかなかったのに」

詩の言葉を聞いて、唯乃も頬杖《ほおづえ》をつきながら反応する。

「……仲が良かったものね。不思議なくらいに、信頼し合っていたように見える」

「本人たちが言うように、ただの幼馴染《おさななじみ》の腐《くさ》れ縁《えん》なんかじゃなかったよね。間違いなく」

私も口を挟《はさ》んだ。どう見ても、あの二人の関係は特殊《とくしゅ》だった。

「……多分、心変わりなんかしてないっすよ。本人が気づいてないだけで」

神妙《しんみょう》な表情で話に入ってきたのは沙耶だった。

みんなが沙耶に目を向ける。話の続きを促《うなが》すように。

この中で、二人の過去を知っているのは沙耶だけだからね。

「少しだけ、昔話をしますね——」

＊

美織がこういう時に向かう場所は、どこだった？

改めて美織の家を訪ねたが、やはり見つからないようだ。

美織の家族も事態を重く見ているのか、家にはもう警察が来ていた。

俺も警察に事情を聞かれたので、知っている限りの情報は伝えた。

すでに半日以上は連絡が取れないのだ。時間が経《た》つごとに焦りが増していく。

段々と日が暮れていく。空は茜色《あかねいろ》に染まり、周囲は闇《やみ》に覆われていく。

地元駅の近くにはいない。近所の公園にもいない。小学校近くの河川敷《かせんじき》にもいない。

……どこだ？　美織。

お前、どこに行ったんだよ？

『──あの頃《ころ》に、戻りたいな』

ふと、脳裏《のうり》を過ったのは美織の言葉だった。

仮にそれが今の美織の願いだとしたら、美織が言う『あの頃』は、いつのことだ？

過去の記憶《きおく》を辿《たど》っていく。

おそらくは、俺たちが最も輝《かがや》いていた時代。修斗と、拓郎も含めた四人で、ひたすらに遊んでいた時。そういえば、幼い頃、一番楽しかった思い出は、確か──。

「──四人で、秘密基地を作った時」

地元の神社の近くにある山の中に足を踏《ふ》み入れる。幼い頃よりも、だいぶ生い茂《しげ》っている気がした。枝葉や草木が体のあちこちに当たり、デート用の服が汚《よご》れていく。

普通に考えたら、こんなところにいるはずがない。

だけど、普通に思い当たるような場所は警察が探してくれるはずだ。

だからこそ、俺にしか思いつかない場所を探す。

かつて簡単に秘密基地まで行けた獣道は、長い月日でなくなってしまった。

道なき道を一歩ずつ、進む先を確かめながら歩いていく。

「うん？」

違和感。少し右に逸れた場所に、草木をなぎ倒したような跡《あと》がある。

そっちに進んでみると、その跡は、俺が目指している方向へと進んでいた。

そして、何より、土に足跡《あしあと》が残っている。動物じゃない。人間だ。それも、ローファーを履《は》いている。こんなにはっきりと残っているのなら、新しいものだろう。

予感がする。というよりも、確信があった。この先に美織がいる。

いてもたってもいられず、走り出そうとした瞬間。

「――夏希」

後ろから声が聞こえた。

「――怜太」

振り返ると、そこにいたのは怜太だった。

俺と同じ道を辿ってきたのか、制服は汚れ、その顔には泥《どろ》がついている。

その表情はいつになく厳しい。普段の雰囲気《ふんいき》とは違う。まったく余裕《よゆう》を感じない。

でも、恋人が行方《ゆくえ》不明なのだ。そうなるのもおかしな話じゃない。

「多分、君なら美織を見つけ出せると思ってたよ」

俺が見つけた足跡を眺めながら、怜太は言う。

「……何だ、それ？　まさか俺の跡をつけてたのか？」

そんな真似《まね》をして何の意味がある？　一緒に探せばいいだけだろ？

眉《まゆ》をひそめている俺の疑問は察しているのだろう。怜太は説明してくれる。

「僕《ぼく》は僕なりに美織を探していた。その道中で、君を見つけた」

「……とにかく、先を急ごう。美織がいるはずだ。多分、危《あや》うい精神状態にあると思う。

何か起こる前に、あいつを見つけたい」

怜太に再び背を向けると、「待ってくれ」と声をかけられた。

「――この先には僕が行く。君は帰ってくれ」

いったい何を言っているのか、理解ができなかった。

「……は？」

怜太は能面のような無表情で、俺を見つめている。

「……美織を見つけるのが最優先だ。二人で探した方がいいだろ？」

秘密基地はこの先にあるけど、美織が中にいるとは限らない。

この山は広いし、手分けして探した方がいい。

「仮に手分けしたとしても、きっと美織を見つけるのは君だ」

しかし、怜太は首を横に振る。

「……だから、何だ？　見つかるなら、何よりだろ」

そりゃ俺の方が見つける可能性は高いだろう。土地勘《とちかん》があるからな。

さっきから、怜太が何を言いたいのか分からない。こんなことは初めてだ。

いつもは人の思考を先回りして会話をする怜太の意図が、今は読み取れない。

「それじゃ嫌《いや》なんだ……美織を最初に見つけるのは、僕でありたい！」

突如《とつじょ》として、怜太は表情を変える。鬼気《きき》迫《せま》る口調で咆《ほ》えた。

その迫力《はくりょく》に、圧倒《あっとう》される。感情をむき出しにする怜太を見たのは、初めてだった。

怜太も思《おも》い詰めていたのだろう。それも当然だ。恋人がいろいろあった末に、今は行方不明なのだから。不安定になるに決まっている。そう分かっていながら、俺は今まで怜太のことを心配していなかった。あの怜太なら大丈夫《だいじょうぶ》だろうと、勝手に思っていた。

「……美織が君を好きなのは知っている。君が美織を見つけたら、もう美織は君のことしか見えなくなる。それは、嫌だ……美織は、僕が助けなくちゃいけない！」

俺は怜太に憧《あこが》れていた。怜太は俺の理想だった。

あの完璧超人《かんぺきちょうじん》の怜太なら心配いらないと、思い込んでいた。

「仮初《かりそめ》でも、僕は美織の恋人だ。美織を見つけるのは、僕の役目だ……！」

でも、違《ちが》った。俺が見ていたのは理想であって、ここにいる怜太本人じゃなかった。

俺は、ちゃんと友達を見ることができていなかった。

ここにいるのは普通の男子高校生だ。

他人よりも優秀《ゆうしゅう》なだけで、俺のようにタイムリープしているわけじゃない。

「だから、俺に帰れって……？」

「……ごめん。申し訳ないとは、思ってる。この借りは必ず返す」

怜太は苦しそうに表情を歪《ゆが》めながらも、告げる。

「だから、ここは僕に譲《ゆず》ってほしい」

恋人である自分が、美織を最初に見つけたい。その動機の理解はできる。

でも、納得《なっとく》はできない。お前は優先すべきものを間違っている。

「——ふざけんな」

腹の底から湧《わ》き上がるような怒《いか》りが、そのまま声音《こわね》に反映された。

普段の怜太じゃないことは分かっている。それでも、こればかりは譲れない。

「分かってる……でも、今しかないんだ！　君しか見えていない美織を振り向かせることができるとしたら！　好きなんだよ、美織が！　だから君には行かせない！」

何とか俺を説得したいのか、怜太は必死に訴《うった》えかけてくる。

怜太に近寄って、その胸倉《むなぐら》を掴み上げた。

怒りの衝動《しょうどう》に身を任せて、吼える。

「お前っ……‼」

「何か不満があるのか⁉　君の恋人は、星宮さんだろう⁉」

至近距離で、怜太と目が合う。とても苦しそうな表情だった。

「そういう問題じゃないって分からないのか⁉」

「分かってるつもりだよ！　それでも、僕は、どうしても……っ‼」

気持ちは分かるなんて言えるような立場じゃない。

だけど、怜太が美織を好きだという気持ちはよく伝わってきた。

俺を美織に会わせたくないのは分かる。美織は、俺のことが好きだから。

こんな状況じゃなければ、怜太に譲りたいとは思っている。

「いいや、お前は何も分かっちゃいない」

——そう、こんな状況じゃなければ、の話だ。

「気づいてるのか？　怜太」

問いかけると、怜太は眉をひそめた。

「何を……？」

やっぱり、気づいてないのか。

普段のお前なら、そんなことはありえないのに。

「——お前、今、自分の話しかしてないぞ」

美織が生きているのかも分からない今この状況で、自分を優先している。

恋人だろうが何だろうが、そんな奴《やつ》を信じて、引き下がるわけにはいかない。

「何を、言って……」

怜太は、愕然《がくぜん》とした様子で目を見開いていた。

それから自分の言葉を振り返ったのか、自分自身の掌《てのひら》を見つめる。

「僕は……」

胸倉を掴んでいた手を離《はな》すと、怜太は、その場に膝《ひざ》から崩《くず》れ落ちた。

「悪いが、お前の話には従えない。俺は行くぞ」

俺は怜太に背中を向けた。

普段通りじゃない怜太を、気遣ってやりたい気持ちはある。

でも、今は美織を見つけることが最優先だ。


——待ってろよ、美織。頼《たの》むから、馬鹿なことは考えるな。


山の中を走っていく。

過去の記憶を頼《たよ》りに、草木をかき分けながら。

「あった……」

視線の先に、古びた物置小屋があった。

過去の記憶よりも状態が悪い。蔦《つた》が絡《から》みつき、各所が錆《さ》びついて、一部は腐食《ふしょく》してボロボロになり、入り口の扉《とびら》もなくなっている。今にも倒壊《とうかい》しそうな雰囲気だった。

「美織！」

廃屋の中を覗《のぞ》くが、誰《だれ》もいない。

せいぜい六畳ぐらいの小屋の中には、竹箒《たけぼうき》や雑巾《ぞうきん》、金属バット、自転車の空気入れ、十数年前の雑誌の束など、埃《ほこり》を被《かぶ》った品々がところ狭《せま》しと置かれている。

かつて美織が『ひみつきち』と書いた看板も残っていた。

そして、木箱の上に鞄《かばん》が置かれている。

これだけが新しい。間違《まちが》いない。美織が置いていったものだろう。

秘密基地に鞄を置いて、どこかに行っているのか？

何にせよ、近くにはいる。少しだけほっとした瞬間、それが目に入った。

美織の鞄の横に、白い紙が一枚置かれている。

『今までありがとうございました。本当に、ごめんなさい』

血の気が引くとは、この瞬間のことだった。背筋を冷《ひ》や汗《あせ》が流れ落ちる。

駆《か》け出す。ひたすらに探す。周囲の草をかき分け、美織の名前を叫《さけ》ぶ。視界が闇に沈《しず》んでいく中でも、奥《おく》へ奥へと進み続ける。もう、自分がどこにいるのかも分からない。それでも、美織を見つけるまでは帰るわけにはいかなかった。

大丈夫だ。自信がある。俺には、美織の居場所が分かるはずだ。

──泣いているあいつを見つけだすのは、いつだって俺の役目だったはずだ。

＊（星宮陽花里）

「小学生の時、あの二人は学校の中心だったんすよ」

山野さんは語り始める。夏希くんと美織ちゃんの過去にあった話を。

「あたしは一個下なんで、クラスとかでの様子まで知ってるわけじゃないっすけど、やることなすこと派手なんで、まあ学校中の人気者っていうか、有名人でしたね」

最初から意外な内容だった。

夏希くんは高校デビューって話だから、てっきり昔はずっと物静かな感じだったのかなと思っていたけど、違うらしい。美織ちゃんはイメージ通りだけど。

「より正確に言うと、四人でした。美織先輩《せんぱい》、灰原先輩に加えて、もう二人。拓郎先輩と修斗先輩って人がいたっす。いつもその四人でつるんでました。毎日楽しそうで、あたしも憧れてたっす。あんな風になれたらいいなって」

みんな、興味深そうに山野さんの話を聞いている。

……そういえば、あの二人が幼馴染なのは周知の事実だけど、あまり過去のエピソードを聞いたことがない。夏希くんが高校デビューする前の話だから、恥《は》ずかしがっているのかもしれないと思っていたけど、そういうわけじゃないようにも思えてきた。

「なんつーか……意外だな。あいつ、中学はぼっちだったとか自分で言ってたぜ？　だから高校デビューしたって話だったのに、小学校の時は人気者だったのかよ？」

「主に美織先輩が人気で、その脇に灰原先輩たちもいたって感じっすけどね」

「ああ……想像はつくな。でも、なんでそこからぼっちになったんだ？」

竜也くんと同じ疑問をわたしも抱いた。

「その四人グループがバラバラになったんすよ。美織先輩と灰原先輩も、そこでいったん関係が切れちゃいました。その結果、灰原先輩はひとりぼっちになりました」

山野さんは過去の記憶を辿るように、ゆっくりと語っていく。

「これは美織先輩から聞いた話なんすけど……あたしが小学五年生の時、つまり先輩たちが六年生の時、美織先輩は修斗先輩に告白されて、振りました。二人はめちゃくちゃ仲良かったんすけど、恋愛《れんあい》的に好きとか、そういうのは考えられないからって」

今のわたしたちには、どうにも反応し辛《づら》いエピソードに突入《とつにゅう》する。

つい、勝手に話の先を想像してしまう。

仲の良いグループが崩壊《ほうかい》する原因として、最初に浮《う》かんでくるのは『恋《こい》』だから。

「美織先輩はこれまで通り、友達としては仲良くしたかったらしいっすけど……まず修斗先輩が離れていきました。そして三人になって、気まずくなっていた時、拓郎先輩が家の都合で、急に転校しちゃいました。これぱっかりは仕方ないことっすけどね」

「……四人グループが二人になっちゃったんだね」

詩ちゃんが複雑そうな表情で反応する。ふと目が合って、お互《たが》いに逸《そ》らした。

「残った灰原先輩と美織先輩は、まあ異性が二人でいるわけっすからね。周りから囃し立てられるようになって、美織先輩は灰原先輩から距離を置きました」

小学生ぐらいの年齢《ねんれい》なら、やりそうなことだ。

あの頃は男女が一緒にいるだけで妙《みょう》にからかわれる。

「ちょうど、その頃に小学校を卒業しました。わたしはまだ小学生だったんで、それ以降は美織先輩から聞いた話でしかないっすけど……中学に入学して、美織先輩は新しく友達もできていったみたいっす。逆に、灰原先輩は友達を作らなかった。ぼっちになったというより、自ら望んでそうしたわけっすね。理由までは知らないっすけど」

その時の夏希くんが友達を作らなかった理由は、想像がつく。

仲が良い四人グループがバラバラになってしまい、傷ついていたのだろう。

夏希くんのことだから、自分のせいだと思い込《こ》んだのかもしれない。

「美織先輩は、そんな灰原先輩を見て、声をかけるようにしたらしいっすけど、拒絶《きょぜつ》されました。……まあ一回距離を置いたくせに、何を今更《いまさら》って感じではあるっすよね」

あの二人にそんな過去があったなんて、知らなかった。

みんなの様子を窺《うかが》うと、二人とも誰にも話していないようだ。

「これが美織先輩から聞いた話っす」

山野さんはそう言って、いったん言葉を区切る。

「それで、今から話すのが灰原先輩から聞いた話なんすけど——」

＊（本宮美織）

どうして、ここにやってきたのか分からない。

記憶が曖昧《あいまい》だった。前後の繋《つな》がりが不確かで、何も考えられない。

私は今、ちゃんと二本の足で歩けているのかな。

小学五年生の時、拓郎《たくろう》と、修斗《しゅうと》と、そして夏希と四人で作った秘密基地。

作ったと言っても、山の奥で見つけた廃屋を勝手に改造しただけなんだけど。

遊ぶための道具をそれぞれ持参して、『ひみつきち』と書いた看板を飾《かざ》った。

入り口周辺の草を刈《か》って遊ぶための広場にしていたけど、今はもう見る影《かげ》もない。草木が生い茂っている。小屋の中もだいぶ古びていて、あちこちが錆びついていた。

でも、懐《なつ》かしい。壊《こわ》れた水鉄砲《みずでっぽう》も、折れた木刀も、へこんだサッカーボールも、すべて私たちが持ってきたものだ。ここで遊んでいた。力尽《ちからつ》きるまで、ずっと。

秘密基地に来なくなったのは、いつからだったかな。

……修斗が私に告白して、それを私が振った後からだったな。

あれほど楽しかった日々が、ガラスのように砕《くだ》けて散っていった。

口には出さなかったけど、修斗を逆恨《さかうら》みしたことすらある。私の友達としての価値はその程度だったのって。恋人《こいびと》になれないのなら、もう私に興味はないのって。

——私に、それを言う資格なんてない。今は、修斗の気持ちがよく分かった。

分かっている。私は今、現実から逃《に》げている。輝いていた過去に縋《すが》ろうとしている。

恋なんて知らなかった頃に、戻《もど》りたかった。

あの頃に戻りたい。そして、もう一度やりなおしたい。

そうしたら、あの三人と、今でも友達を続けられるようにしたい。

そうしたら、今度は夏希のことを好きにならないように、ちゃんと友達になりたい。

そうしたら、夏希の恋を、心から応援《おうえん》できるような人間になりたい。

……嘘《うそ》だ。それは綺麗《きれい》ごとだ。そうでしょう？　もし私が本当に人生をやりなおしたのなら、夏希が陽花里ちゃんに恋をする前に、夏希と付き合おうとするに決まっている。

だって私はずっと、夏希のことが好きだった。


これが恋だと気づかなかっただけだ。

だから高校入学前に関係を修復できて、嬉《うれ》しかった。

高校デビューをしている夏希に協力してあげたいと思った。

怜太くんに興味があるのも本当だったけど、最初の動機は夏希だった。

事あるごとに、夏希が私を頼ってくれる。それが他の何よりも幸せだった。

だけど実際に、夏希が他の女の子と仲良くしている場面を見ると、心がもやついた。

薄々《うすうす》は気づいていた。でも、その感情を否定していた。

否定できていた。最初のうちは。でも、夏希の恋に協力していく中で、私の気持ちが膨《ふく》らみすぎて、もう認めざるを得なかった。……その時には、何もかも遅《おそ》かった。

私は舞台《ぶたい》にすら上がれなかったくせに、後から手を出したのだ。

めでたしめでたしと幕が下りたはずの舞台裏《ぶたいうら》で、気づかれないように。

——最悪の女だと思う。本当に。

過去に戻りたいとか、人生をやりなおしたいとか、願う権利すらない。

もうここにはいられない。少なくとも、この恋心《こいごころ》が消えるまでは。

仮にこの想《おも》いが消えることがないとしたら、いなくなるしかないのかな？

「今まで、ありがとう。みんな、ごめんなさい……」

鞄の中に入っていたルーズリーフに、遺書のようなものを残した。

それから幼い頃の記憶を辿って、山を登っていく。

この山を登ると、景色が綺麗に見える場所に辿り着くはずだ。

私たち四人のお気に入りスポットだった。まあ正確には、私だけが気に入っていたんだけど。登る度に、「馬鹿は高いところが好き」とか夏希に言われた記憶もある。

草木をかき分けながら進んでいくと、雨が降ってきた。

最初はぽつぽつと、徐々にざあざあと音を変化させながら。

木の葉の合間を縫《ぬ》うように、冷たい雨が私の体を叩《たた》く。寒さで体が震えた。

それでも先に進んだ。ぬかるんだ地面に足を取られながらも、山を登り続ける。

急に木々が途切《とぎ》れる。目の前には崖《がけ》があった。

「……なんにも、見えないな」

雨と夜のせいで、景色は何も見えなかった。

崖の端《はし》まで近づく。下を覗くと、暗闇の奥にうっすらと川が見える。

ここから落ちたら死ぬだろうなと、他人事のように思う。

現実感がない。だから恐怖《きょうふ》を感じない。死の一歩手前にいるはずなのに。

でも、これでいいんだ。このままでいい。感情を復活させると、いらない感情までついてきてしまうから。これが現実だと気づく前に、足を踏み出してしまえば――。

「――美織！」

後ろから、誰かに抱《だ》き着かれた。

声だけで、それが誰なのか察してしまう。

今、一番会いたくない人だった。だけど、一番会いたい人だった。

そのまま、ぐいっと引き寄せられる。落ちるはずだった崖から離れていく。

夏希は慌《あわ》てて後ろに引っ張ったのか、私を抱き締《し》めたまま尻餅《しりもち》をついた。だから私もその胸板《むないた》に背中を預けながら。一緒《いっしょ》に転んでしまう。座《すわ》っている私を、夏希が後ろから抱き締めているような状態になった。私を抱く腕《うで》に力がこもる。動けないほどに。

夏希は、荒《あら》い息を吐《は》いていた。

きっと全力でここまで走ってきたのだろう。

その呼吸を聞いていると、見ないようにしていた現実が私に追い付いてくる。

……私は今、何をしていた？

さあっと、血の気が引いていく。今更のように体が震える。怖《こわ》い。心臓が鳴る。雨に打たれた体が冷たい。寒い。周りをよく見ると、月に照らされ、それほど闇は深くなかった。

「良かった。間に合って、本当に良かった……」

耳元で、夏希の声が聞こえてくる。夏希の声は小さく震えていた。

斜《なな》め上に顔を向けると、夏希の顔が見える。あちこちが泥だらけだった。

きっと私も同じだろう。こんな大雨に打たれながら、森を進んできたのだから。

「どうして、ここに……？」

「お前を探してたに決まってるだろ」

「なんで、ここだと思ったの？」

「……あの頃に戻りたいってお前が言ってたのを、ふと思い出してな」

「……それだけの手がかりで、私を見つけたの？」

「かくれんぼでお前を見つけるのは、いつも俺《おれ》の役目だったからな」

夏希は苦笑《くしょう》して、そんな風に答える。

相変わらず意味不明なぐらいに、私を見つけるのが上手だ。

私がひとりで泣いている時、夏希は必ず私を見つけて、私の傍《そば》にいてくれた。

そういうところが大好きだった。好きにならないわけがなかった。

……だからこそ、この状態ではいられない。

「離して。苦しい」

夏希の手をゆっくりと振りほどいて、立ち上がる。

「もう、大丈夫だな？」

「……うん。さっきまでの私は、どうかしてた」

心が現実に追い付いてしまった。もう自殺はできない。そんな度胸はない。

「お前の今の気持ちが、分かるとは言えない。現実から逃げたいのかもしれない。でも死ぬのはやめろ。心配したんだぞ。俺だけじゃなくて、みんながお前を心配してる」

家族や友達の顔が脳裏を過る。

優《やさ》しいみんなは、きっと私のことを心配してくれている。

「帰ろう、美織。みんなのところに」

夏希が手を差し伸《の》べてくる。

私がどんな人間なのかを知ったうえで、受け入れるように。

「今更、無理だよ……」

やめてほしい。本当に。そうやって、私の心を揺《ゆ》さぶるのは。

だって、少し希望を感じてしまうから。ありもしない期待を抱いてしまうから。こんな状況《じょうきょう》で、一瞬でもそんなことを考えてしまう浅ましい自分に失望してしまうから。

……でも、本当の望みは、そうじゃない。

違うんだ。私は、この恋を成就《じょうじゅ》させたいわけじゃない。

「美織」

そんなに優しい声で、名前を呼ばないで。

お願いだから、私を否定してほしい。ちゃんと終わらせてほしい。

「——だって私は、私を許せない」

＊（星宮陽花里）

「私が中学に上がった時、すでに灰原先輩《せんぱい》はひとりぼっちだったっす。小学生時代の明るさがなくなって、少し太って、眼鏡もかけていたから、別人かと思ってました」

細かいことは省略しますけど、と山野さんは続ける。

「いろいろあって、私は灰原先輩とたまに話す仲になりました。その時に聞いた話は、美織先輩から聞いたものとは少し違ったっす。今から、それを話します」

すでに、みんなの意識は山野さんの話に集中している。

わたしだけじゃない。みんなも、単純に気になっているのだ。あの二人の過去が。

それに、行方不明の美織ちゃんを見つける手がかりがあるかもしれない。

「灰原先輩は、四人がバラバラになって、傷ついていたみたいっす。特に、美織先輩が離れていった時に。だから、入学当初は人間関係と距離を置きました」

窓の外で、しとしとと雨が降り始める。

がらがらのファミレスは静かで、山野さんの声がよく通る。

「美織先輩はそんな灰原先輩に声をかけるようになったっす。もう一度昔のように戻れないかなって。でも、昔は男勝《おとこまさ》りな性格で髪《かみ》も短いから、男の子とよく間違えられてた美織先輩はもう、完全に美少女でした。学校一モテるぐらいに」

それは納得がいく。

あの容姿は、周りが放っておかないと思う。

「クラスの男子の中心人物が、美織先輩を好きだったらしいっす。だから、やたらと構われている灰原先輩に嫉妬《しっと》しました。ありふれた話っすけど、ただでさえぼっちだった灰原先輩は、それがきっかけで完全に孤立《こりつ》しました。別に本人は気にしてなかったっす。元からひとりだったからって。……でも、嫌《きら》われてる灰原先輩に構い続ける美織先輩も、少しずつ友達が減っていきました。段々、クラスで浮いていったみたいっすね」

友達が減っても気にせず、夏希くんを優先する美織ちゃん。

美織ちゃんが自分のせいで立場を悪くしていることを、気に掛《か》ける夏希くん。

その光景は、ありありと目に浮かぶ。だから、ちょっとだけ胸が痛んだ。

「だから灰原先輩は美織先輩を拒絶しました。美織先輩が自分に構うことで、立場を悪くしないように。まあ本人は、そんなつもりじゃないとは言ってたっすけどね」

「……なるほどね。中学の時は仲良くなかったって話は、美織から聞いてたけど」

芹香ちゃんがそんな風に反応する。

「あたしは、だいぶやきもきしてたっすよ。美織先輩からはよく相談されてて、灰原先輩からはたまに話聞いてたっすけど、もうマジで面倒《めんどう》臭かったっす。二人とも、お互いのことばっかり気にしてるのに、それ以降は絶対に話しかけようとしないし……」

はぁ、とため息をついて、山野さんは肩《かた》をすくめる。

「二人とも、自分で気づいてないだけで、絶対にお互いのことが好きだったっすよ」

ああ、そうだろうな、と思う。

過去の話じゃない。今に続くまで、ずっと。

……きっと、それはわたしに向けている感情よりも、大きいのだろう。

＊

美織が泣いている。

それは、幼い頃はよく見た光景だ。

美織は意外と泣き虫だった。普段《ふだん》の強気な態度からは想像もつかないから、それをみんなに話しても、俺が嘘つき扱いされた。何より、俺の前でしか美織は泣かなかった。

「……じゃあ、どうする？　このまま、ここにいるのか？」

「分かんないよ……でも、私に戻る資格なんてない」

嗚咽《おえつ》混じりの声で、美織は首を横に振る。

「ここにいたって、風邪《かぜ》引くぞ。強引《ごういん》にでも、俺はお前を連れ帰る」

「……どうして、そこまで私に構うの？　そんなにボロボロになってまで。あなたが好きなのは陽花里ちゃんでしょ？　私なんか、放っておけばいいのに」

「大切な友達だ。放っておくわけにはいかない……俺のせいだとしても」

俺は、美織が望む答えを返せるわけじゃない。

それでも、いつもの美織に帰ってきてほしかった。

「あなたのせいじゃない。私だけが悪いんだ。だから、いなくなりたかった」

美織がいなくなるなんて、想像するだけでも恐《おそ》ろしい。

「やめろ。誰が悪いなんて、どうでもいい。頼むから、俺たちの傍に帰ってきてくれ」

この言葉がむしろ美織を傷つけると分かっていても、それが本音だった。

ずっと傍にいてほしい。もう二度と、いなくなってほしくない。

「……もう、遅いんだよ。私は、舞台に立てなかった」

雨が強くなる。水滴《すいてき》が地面を叩く。美織の涙《なみだ》が雨に紛《まぎ》れて、見えなくなった。

「でも、一応ちゃんと言っておくね。ここで終わらせられるように」

美織はゆっくりと息を吸って、呼吸を整えてから、告げる。


「――あなたのことが、大好きだよ。この世界で一番に」

泣きながら笑う美織の表情を見て、途端《とたん》に胸が苦しくなった。

……分かっている。自分でも、流石《さすが》に自覚している。俺が美織に向けている感情は他の友達に対してのものとは、明らかに違う。もっと大切で、もっと特別な感情だ。
気づかないようにしていたのに、閉《と》じ込めていた感情が溢《あふ》れ出す。
――いつからだ？
初恋《はつこい》は美織だったけど、高校生の時には陽花里に一目惚《ひとめぼ》れをした。
それから七年の期間もあった。つまり俺の美織に対する感情は、一度途切《とぎ》れている。
かつて仲が良かった幼馴染《おさななじみ》。
二周目開始直後は、その程度の認識《にんしき》に下がっていた。
だから、この感情が生まれたのは、タイムリープした後で間違いない。
『……夏希？』
過去の記憶を辿っていく。
『いい？――私は、あなたが好きだよ』
始まりは、美織が俺の虹色《にじいろ》青春計画の協力者になってくれたことだった。
『違います。こいつだけはないです』
素の俺を知っている幼馴染だから、美織の前では気楽に過ごせた。
『送ってくれて、ありがと』
いつも傍で支えてくれる美織に、気づいたら頼りきっていた。

『あなたが頼れって言ったんだよ？　男に二言はないよね？』

美織が悲しんでいるところは見たくなかった。

『絶対だよ？　……もう、私のこと見捨てないでね？』

初恋だった過去の記憶《きおく》が、徐々に蘇《よみがえ》ってきた。

『私、怜太くんに告白するね。最近ちょっと慎重《しんちょう》になっちゃってたけど、そんなの私らしくないし……ここでちゃちゃっと勝負を決めて、幸せになります！』

美織には、幸せになってほしかった。

『これからは、陽花里ちゃんがあなたを支えてくれるんだから』

まさか裏目に出ているなんて思いもしなかった。

『あなたのこと好きだよ……って、言ったらどうする？』


――俺だって、お前のことが好きだ。


恋人である星宮陽花里と同じくらい、俺は本宮美織のことが好きだ。

だからこそ俺は美織の告白に対して、きちんと答えを返す。

「――ごめん。俺には、心に決めた人がいる。お前の気持ちには応えられない」

美織の言う通り、俺はすでに選んでいる。

星宮陽花里を、幸せにすると決めた。絶対に。

今更《いまさら》揺《ゆ》らいだりはしない。陽花里の気持ちが、俺から離れない限りは。

それぐらいの覚悟《かくご》で、陽花里に想いを伝えたつもりだ。

「……ありがとね。ちゃんと答えてくれて」

「……俺には、この答えしか返せない。それでも、俺と一緒に帰ってほしい」

少しだけ、考えた。

俺は人生をやりなおしている人間だ。

だから、もし俺の行動が、美織の人生を幸福から不幸に書き換《か》えてしまったのなら、俺には美織を救わなければならない責任があるんじゃないか、と。

だけど、そんなことを考えても意味がない。

救う、なんて大層な真似は俺にはできないから。

仮に美織の気持ちに応えたとして、もう美織はそれを望んでいないだろう。

結局のところ、俺にできることはひとつ。

後悔《こうかい》しないように、今この瞬間《しゅんかん》を懸命《けんめい》に生きるだけだ。

「戻る資格とか、余計なことは考えるなよ」

あえて茶化《ちゃか》すように、気楽な調子で語りかける。

「大丈夫だよ、俺のことが好きでも。俺が揺らがなければ問題ないだろ？　そう心配しなくても、俺が好きなのは陽花里だ。そんなに思い詰《つ》めるなって」

「は、はぁ……？　それは知ってるけどさ、そういう問題じゃ……」

「そういう問題だろ。陽花里が心配することなら、これからはちゃんと拒否《きょひ》する。今まではなぁなぁにしていた部分もあるけど、友達としての一線は引くつもりだ」

人を好きになる気持ちは、どうにもできない。

だから、恋心の有無《うむ》は美織の言う『戻る資格』には当てはまらない。

「いいの……？　夏希のことを、好きでいても」

美織が問いかけてくる。暗闇《くらやみ》の中で光を探すように。

「ああ」

俺は美織の気持ちには応えられない。

だけど、俺のことを好きでいてもいいと、美織の気持ちを認めることはできる。

「——安心しろ。俺はお前のことを、好きにならないから」

この嘘を、死ぬまで通し続けると決めた。

灰原夏希は、本宮美織には恋をしていない。この先も恋をすることはない。

「……ありがとう」

ひどい宣言をしたのに、美織はほっとしたように表情を緩《ゆる》める。

そんな美織に、もう一度手を差し伸べる。

「とりあえず秘密基地まで戻ろう。体が冷える。とにかく寒いからな」

俺たちのグループも、みんないろんな想いがあると思うけど、仲良くやっている。

気にしすぎることはない。ましてや、死を考えるほど思《おも》い詰める必要はない。

確かに悪いことをしたのかもしれない。でも、ちゃんと謝《あやま》っている。

だから、それで終わりだ。

「ねえ、夏希」

美織は、泣き腫《は》らした目で微笑《ほほえ》んだ。

「この恋心がなくなったら、私たち、ちゃんと友達に戻れるかな？」

「お前には悪いけど、友達をやめる気はないよ。お前の気持ちは、自分で何とかしろ」

「ひどいね、あなたは。この気持ちを抱《かか》えたまま友達やれって?」

「俺の青春を虹色にするためには、お前が必要なんだよ」

さっきから自分の都合だけを押《お》し付けている。

美織は俺の自己中心的な要求を聞いて、「仕方ないね」と笑った。

「……分かった。じゃあ、待っててね。私の嘘が、嘘じゃなくなるまで」

美織は足の震《ふる》えを隠《かく》しながら、俺の横を通り抜《ぬ》けていく。

「あ、そうだ。ひとつだけ、いいかな?」

雨足が強まる中、俺たちは帰り道を歩いていく。

「……何だ? やっぱり死ぬとか駄々《だだ》こねたら、無理やり連れ帰るぞ」

「だ、駄々はこねてないでしょ……わがまま言ってるのはあなたも同じだって」

そう言われると、その通りだった。

割と無茶苦茶《むちゃくちゃ》な説得をしている自覚はある。

「覚えてる? 昔の約束」

「……お前が泣いている時は、何かひとつ言うことを聞いてやるって?」

約束と聞いて、最初に出てきたのはそれだった。

美織を泣き止《や》ませるために、試行錯誤《しこうさくご》の末に捻出《ねんしゅつ》した約束だった。

今思うと、だいぶ理不尽《りふじん》な内容だ。俺の負担が重すぎる。

「お、ちゃんと覚えてるね。あなたがそう言ってくれたから、私はあなたの前では普通《ふつう》に泣くようになったんだよ。他の人の前では、あんまり泣いたことなかったけど」

なんて余計な情報なんだ。今更言わないでほしかったよ……。

微妙《びみょう》な顔をしている俺に対して、美織は言う。

「——だから一日だけ、私のお願い、聞いてよ」

＊（星宮陽花里）

みんなの話を統合すると、美織ちゃんが置かれている状況が分かってきた。

美織ちゃんは夏希くんのことが好きなまま怜太くんと付き合っていて、怜太くんもそれを知っていた。告白してくれた怜太くんのことを好きになろうと、努力していた。

だけど、気持ちに負けた瞬間があった。

ただでさえ苦しんでいるのに、噂《うわさ》の件もあった。長谷川さんから受けた仕打ちも、わたしが美織ちゃんに言ったことも、追い打ちだ。逃げ出したくなる気持ちは分かる。

「……とにかく、急いで探さないといけないね」

そう呟《つぶや》いたのは詩ちゃんだ。わたしも頷《うなず》く。美織ちゃんの精神状態が心配だ。

すでに怜太くんと夏希くんが探しているけど、連絡《れんらく》はない。

「心当たりのある場所をピックアップしてから、手分けして探そう」

芹香ちゃんが話をまとめてくれる。

頼りになるのは、特に仲が良い山野さんと芹香ちゃん、詩ちゃんの三人だ。

三人はスマホの地図アプリを見ながら話し合って、それぞれ候補地を出している。

……具体的な手がかりは、結局のところ何もない。

もちろん頑張《がんば》って探すつもりだけど、もし遠くまで行ってしまったら、流石にわたしたちには分からない。だけど夏希くんなら、きっと見つけ出せると思う。

「……お願い、夏希くん」

わたしのことは、気にしなくて大丈夫《だいじょうぶ》だから。

今だけは、美織ちゃんの傍に寄り添《そ》ってあげてほしい。

＊

とりあえず秘密基地の廃小屋《はいごや》まで戻った。

小屋の中に入り、一息つく。外は変わらずに豪雨《ごうう》だった。

服が泥《どろ》だらけで、ずぶ濡《ぬ》れになっている。これはもう洗っても無理かもしれないな。

ぐっしょりした感覚があまりに不快だし、何より寒いので、シャツを脱《ぬ》ぐ。

「ちょ……いきなり脱がないでよ」

美織が驚《おどろ》いたように俺から離《はな》れていく。

「上だけならいいだろ。これ着てると、むしろ寒いんだよ」

「まあ、うん……分かった。あんまり、そっち見なければいいんでしょ」

俺に背中を向けて、木箱の上で体育座りをする美織。

美織の制服もまた、俺と同じように泥だらけのずぶ濡れだ。

小さく震えている。やはり、寒そうだ。気温は十度前後。冬が近づいている。

しかし、火を熾すような道具もない。雨足が弱まるまでは、ここで耐《た》えるしかない。

「やむのかな、雨」

「……しばらく降り続けるっぽいな」

スマホで天気予報を見ると、そんな感じの表示がされていた。

通信が遅い。山奥《やまおく》なので、電波マークが一本しか立っていないのだ。

それでも、辛《かろ》うじて繋がっていて良かった。みんなに連絡することができるから。

「美織、家族に連絡しとけよ。警察も動いてて大騒《おおさわ》ぎなんだからな」

「え……そ、そうなんだ。ごめんなさい……そっか、それは、そうだよね……」

相当思い詰めていたのだろう。そんな当然のことにも気が回らないほどに。

「……分かった。お母さんに電話する」

「みんなには、俺が先に伝える。心配かけたことは、後でちゃんと謝っとけよ」

美織は神妙《しんみょう》な表情で頷く。

それから、スマホで母親との通話を始めた。

俺はいつもの六人のグループチャットに『美織は見つけた。とりあえず大丈夫だ』と送信する。それと芹香にも、個別チャットで同じ内容を送信しておいた。

一瞬《いっしゅん》で既読《きどく》がついて、陽花里から電話がかかってくる。

「もしもし」

『夏希くん!?　美織ちゃん、見つかったって……!!』

「ああ、本当だよ。隣《となり》にいる。まずは家族に電話してるところだ」

『よ、よかった……今、どこにいるの？』

「ちょっと説明しにくいな。俺たちの地元にある、ちょっとした山の中なんだけど」

『や、山の中……？　どうして、そんなところに？』

「それは俺も分からん。美織に聞いてくれ。まあ、とにかく無事だから。今は土砂降《どしゃぶ》りだから動けないけど、雨足が弱まったら家に帰るつもりだ。みんなにも――」

『――みんな、ここにいるから。大丈夫。みんな聞いてるよ』

電話越《ご》しに『よかった』という声がいくつも聞こえてくる。詩や芹香だ。

どうやら、みんな同じところに集まっていたらしい。美織を心配していたのだろう。

『……美織ちゃんの様子は、どうなの？』

「ちょっと危《あや》うかったけど、今は落ち着いてる。もう心配ないよ」

そう言いながら美織に視線をやると、目が合う。母親との電話が終わったらしい。

「電話、変わってもいい？」

「……分かった。陽花里、今から美織に代わる」

美織にスマホを渡《わた》す。受け取る手が震えていた。寒さとは違《ちが》うんだろうな。

だから、「大丈夫だよ」と言いながら、美織の背中を叩く。

「いたっ⁉」と、びっくりしたような声が響《ひび》いた。

『み、美織ちゃん⁉　どうしたの⁉』

と、電話越しの陽花里も慌てて大声を出している。

美織は恨《うら》みがましい目で俺を睨《にら》んできたので、肩をすくめた。

「早く出ろよ」

「……言われなくても」

すぅっ、と大きく息を吸って、美織は深呼吸をする。

「……その、みんな、いるんだよね？　そこに」

『うん、いるよ！　よかった……美織ちゃん。ごめんね、わたし、あの時――』

「待って、陽花里ちゃん。先に、私に言わせて」

それから、電話越しで見えないというのに、美織は頭を下げた。

「――みんな、心配かけて、ごめんなさい」

美織は神妙な声音《こわね》で謝罪すると、みんなの反応を待つ。一瞬の静寂《せいじゃく》があった。

『本当だよ！　ミオリンのバカ！　自称《じしょう》サバサバ系のメンヘラ女！』

『お、おい詩。それはいくら何でも言い過ぎじゃ……』

『これぐらい言わないとあたしの気が収まらないよっ！』

『美織。とりあえず無事でよかった。風邪引かないようにしてね』

『ふふ、こんな冷静な感じだけれど、本堂さんが一番心配していたのよ』

『……唯乃。余計なことは言わないで』

『美織ちゃん。わたし、後でちゃんと謝るから。だから、帰ってきてね』

怒涛《どとう》のような言葉の数々に、美織は圧倒《あっとう》されていた。

詩がめちゃくちゃに言っていて面白《おもしろ》い。思わず笑ってしまった。

美織はしばらく硬直《こうちょく》した後に、ふっと頬《ほお》を緩めた。

この様子なら心配いらないだろう。外を見ると、雨足が弱まっている。

空はまだ曇《くも》っているから、一時的なものだろうけど……今が帰るチャンスだな。

美織とみんなの会話がひと段落するタイミングを窺って、声をかける。

「行くぞ、美織。今のうちだ」

「うん。じゃあ、みんな……また、学校で」

▼間章 三

——俺にとっては、十年以上前の話だ。

だから記憶は曖昧《あいまい》で、部分的にしか覚えていない。

それでも、印象に残っている瞬間はある。

そのうちのひとつが、美織《みおり》に距離《きょり》を置かれた時だ。

確か、小学六年生の夏だったと思う。数か月前に拓郎《たくろう》が転校して、修斗《しゅうと》が別の友達とつるむようになった。修斗と美織は何も言わなかったけど、俺は修斗が美織のことを好きだと知っていたから、何が起きたのかを察してはいた。その時の俺は恋《こい》が嫌いだった。

拓郎の転校は仕方ないけど、修斗が離れていったのは恋愛《れんあい》のせいだ。

あれだけ楽しかったグループが瓦解《がかい》して、俺と美織は二人だけで遊ぶようになった。

それはそれで楽しかったけど、あの四人でいた時ほどの楽しさはなかった。

良くも悪くも俺たちは目立っていた。だから、二人で遊ぶようになると、同じ学年の連中が囃《はや》し立ててくるようになった。ヒューヒューとか、お熱いねぇ、とか、付き合ってんだろ？　とか、冗談《じょうだん》だと分かっていても、あまり気分の良いものじゃなかった。

俺たちはそんな関係じゃない。恋人《こいびと》なんかにはならない。

この先も、ずっと友達でいるんだ。それが一番楽しい未来だと思うから。

そんな風に決意した俺に対して——美織は、俺から距離を置いた。

何も言わずに、女子グループとつるむようになった。俺だけが置き去りだった。

それが当時の俺にとっては、言葉にならないほどショックだった。

だから俺は人間関係に期待をしなくなった。他の連中とつるむ気も起きなかった。

美織と微妙な関係のまま小学校を卒業して、中学生になった。

俺は友達を作らず、ひとりで過ごしていた。

だけど美織のことはよく見ていた。美織は人気者だった。今まで距離が近すぎて気づかなかったけど、美織は美少女だった。みんなに囲まれて幸せそうに過ごしていた。

望んでひとりになったはずなのに、俺は美織に嫉妬していた。

……気づいていないだけで、俺は美織のことが好きだったんだと思う。

だけど恋愛を毛嫌《けぎら》いしていたから、その気持ちを否定したかった。

その後、美織は俺に話しかけてくるようになった。

本当は嬉しかったけど、何を今更《いまさら》って気持ちもあった。

それに、当時の俺はひねくれていたから、美織から話しかけてくる分には普通に対応するけど、自分から話しかけることはなかった。俺は孤高《ここう》を気取っていたのだ。

当然、学校で俺は浮《う》いていた。

そんな俺に話しかけ続ける美織も、立場を悪くした。

『お前は、俺なんかとは一緒にいない方がいいよ』

だから、美織のためを思って拒絶《きょぜつ》した――と言った方が、格好はつく。

でも、違う。俺はみんなの中心で輝《かがや》いている美織を妬《ねた》んで、拒絶したんだ。自分からひとりになったくせに、最悪の男だ。こんな風になりたいわけじゃなかった。

そこで、ようやく自分の望みに気づいた。

俺も美織のように、輝いている青春を送りたい。

ひとりでもいいなんて、少なくとも俺にとっては、ただの強がりだった。

だから高校デビューを決めたのだ。

自分を変えて、虹色の青春を手にするために。

結局、それは上手《うま》くいかずに、灰色の青春を送ることになったけど。

あの頃《ころ》の俺が理想としていた虹色の青春は、美織が過ごしている日々のことだ。

——俺は、本宮《もとみや》美織に憧《あこが》れていたんだ。


自分を変えることで、美織の隣に胸を張って立てるような人間になりたい。

それが虹色の青春を志す俺が、一番最初に抱いた願いだった。

だが現実は灰色の青春で、心折れて諦《あきら》めて、その願いは心の奥底《おくそこ》に仕舞《しま》い込《こ》んだ。後悔だけが残って、原点の想《おも》いは時間の経過とともに、風化して消えていった。

だけど、何の因果か、俺は青春をやりなおしている。

一番最初に目指した場所を忘れたまま、そこに辿《たど》り着けるわけがない。

俺の虹色の青春には、本宮美織が必要だ。


——だって、美織がいる場所を指して、虹色の青春と呼んでいたのだから。

▼第四章　ただ、一日だけ

朝起きて時計を見ると、十時を過ぎていた。

普段の休日は早起きしてランニングをしているから、こんなことは滅多《めった》にない。

思っていた以上に、昨日の美織《みおり》捜索《そうさく》で疲弊《ひへい》していたらしい。

――あの後、美織の家に辿り着いて、警察から事情聴取《ちょうしゅ》を受けた。

俺は友達が行方《ゆくえ》不明だから探していただけで、詳《くわ》しい事情は知らないと答えた。

美織が親や警察にどういう説明をしたのか俺は知らないが、きっと長谷川たちの名前は出してないんだろうな。あくまで自分が悪いってことにしている気がする。

そんなこんなで、解放された時にはもう夜だった。

家に帰り、泥だらけの服を親に預けて、風呂《ふろ》に入り、泥のように眠《ねむ》った。

……あの服、クリーニングで何とかなるのかな。心配だ。デート用に購入《こうにゅう》した服なのでちょっとお高めなんだぞ！　まあ気にしている場合じゃなかったんですけど。

とりあえず起きるか。そう思って、毛布を剥《は》がそうとした瞬間。

おや……？　なんか、体が重いですね……？
頭痛と倦怠感《けんたいかん》に襲《おそ》われている。
身に覚えのある感覚だ。これ、完全に風邪です。額に手を当てると、これは熱い。
体温計を脇《わき》に挟《はさ》む。少し待つと、三十七度五分と表示された。
めちゃくちゃ熱が高いわけじゃないけど、まあ普通に風邪だろう。
今日、母さんは不在なので、波香《なみか》に買い出しを頼《たの》んでおく。
「ずぶ濡れで帰ってくるからそうなるんだよ！　馬鹿だねーお兄ちゃんは」
波香はまったくもう、と怒《いか》りながらも、熱さまシートとか風邪薬《かぜぐすり》とかも買ってきた。
表面上の態度よりも本当は心配しているらしい。相変わらずだな。
日曜日でよかった。一日休めば、学校に行けるぐらいには回復するだろう。
視界がぐらぐらと揺れる。普通にしんどい。今日は寝《ね》て過ごします。
ベッドにもう一度潜《もぐ》り込んだタイミングで、枕元《まくらもと》のスマホが音を鳴らした。
この風邪の元凶《げんきょう》が電話をかけてきている。
「……もしもし」
『……なんか、あなた、声おかしくない？』
俺《おれ》のがらがらの声を聞いて、美織は気遣《きづか》うように尋《たず》ねてきた。

「誰《だれ》のせいだと思ってる」

『……ごめん。熱あるの？』

「三十七度五分だった。微熱《びねつ》だよ。すぐに治ると思う」

『何か欲《ほ》しいものとかある？　持っていくけど』

「波香が買ってきてくれたから大丈夫」

『そっか。波香ちゃんがいるなら心配ないね』

「……そういうお前は、大丈夫なのか？」

『うん。何ともない。ていうか、あんまり風邪引いたことないし』

「なるほど。馬鹿は風邪引かないもんな」

『どういう意味かな？』

軽口を返そうとした瞬間、咳《せき》が出た。

「ごほっ、ごほっ……」

『だ、大丈夫……？　例のお願いの件を相談しようと思ったけど、また今度でいいか』

美織は、『今日はゆっくり休んでね』と言って電話を切った。

今度こそ寝るか……と目を瞑《つぶ》った瞬間、もう一度スマホから音が鳴る。

何なんだよ……と思いながらスマホを見ると、陽花里《ひかり》からの電話だったので、そんな気持ちは吹《ふ》き飛ぶ。何なら風邪が治った（大嘘《おおうそ》）。いやぁ、今日は良い日ですね。
『夏希《なつき》くん？　風邪引いたって聞いたけど、大丈夫？』
「まあ、今日休めば治ると思う。というか、それ誰から聞いたんだ？」
『波香ちゃんが連絡くれたよ。星宮先輩《ほしみやせんぱい》、お兄ちゃんが風邪引いちゃったって』
変に心配させたくなかったのに余計な真似《まね》をしてくれたな、あいつめ。
『今からお見舞《みま》い行ってもいい？』
「気持ちは嬉《うれ》しいけど、風邪うつるかもしれないぞ」
『それでも、行きたいの。わたしに看病されたくないなら、行かないけど』
なかなか断りにくい言い方を身につけてますねぇ……。もちろん嬉しいけど。
「……じゃあ、お願いします。一応言っておくと、波香は家にいるけど、親はいない」
『それは波香ちゃんに聞いたから大丈夫』
いつの間にか妹を通じて勝手に情報共有がされている。怖《こわ》いネットワークだ。
『美織ちゃんと一緒《いっしょ》に行くから、ゆっくり休んでてね』
あまり思考が回らない。段々辛《つら》くなってきた。
「分かった」と陽花里の言葉に返事をして、電話を終わらせる。
とにかく寝よう。

後のことは、体調が治ってから考えるしかない。

瞼《まぶた》を閉じて、毛布を被《かぶ》って、しばらく経《た》ってから気づいた。

美織ちゃんと一緒に行くって言ってたよな？　俺のお見舞いに、二人で？

……な、何で？

＊

話し声が聞こえてくる。

水底から水面に向かうように、ゆっくりと意識が浮上《ふじよう》していく。

瞼を開けると、見慣れた部屋の天井《てんじよう》が映った。

額が冷たくて心地《ここち》が良い。どうやら熱さまシートが貼《は》ってあるようだ。

「あれ、起きた？」

鈴《すず》の音のように清涼な声音が聞こえる。

そっちの方向を見ると、陽花里が俺をじっと見ていた。

鼻先が触《ふ》れ合うような距離。白磁のような肌《はだ》が、とても綺麗《きれい》だ。

「……おはよう」

「おはよ、夏希くん。もう三時だけどね」

「そんなに近づくと、風邪うつるぞ」

「……分かった。じゃあ、ちょっと我慢《がまん》する」

拗《す》ねたように言って、陽花里は距離を取った。おい、可愛《かわい》すぎるだろ。

あまりの破壊力《はかいりょく》に眠気《ねむけ》が吹き飛んでしまった。何なら風邪も治った（大嘘）。

陽花里は一応の対策なのか、白いマスクをつけている。

「……ありがとね、夏希くん。ちゃんと、約束を守ってくれて」

「……礼を言われるようなことじゃないよ」

いや、本当に。俺の行動を客観的に見ると、デート中の恋人を置き去りにして、他の女を探しに行っただけだからな。……え？　端的《たんてき》に整理すると最悪じゃない？

「むしろ、ごめん。陽花里のこと、置いていって」

「ううん、大丈夫。私が好きになったのは、そういう君だから」

陽花里は柔《やわ》らかく微笑みかけてくれる。天使か？　この世界で一番可愛い。

そのまま陽花里と見つめ合っていると、コホンと咳払《せきばら》いが聞こえてくる。

「調子はどうなの？」

そう尋ねてきたのは、陽花里じゃない。

視線をずらすと、美織が俺の椅子《いす》に座《すわ》ってこっちを見ていた。

陽花里の頬が急速に赤くなり、そそくさと俺から離れる。

……そういえば美織も一緒に来るって話だったよな。本当に二人で来たのか。

「まあ朝よりは回復したかな……体はだるいけど、熱は下がってきたし」

できるだけ自然にそう答えつつも、ちょっと緊張《きんちょう》している。

状況《じょうきょう》が謎《なぞ》すぎる。なんで美織と陽花里が一緒に、お見舞いに来てるんだ？

ぶっちゃけ普通に気まずいんですけど？　だって、恋人と、昨日告白を断わったばかりの相手と三人だぞ？　これが気まずくないわけがないだろ。俺にどうしろと？

「おかゆ作ったけど、食べる？」

「あ、ああ……ありがとう。じゃあ食べる」

「持ってくるね」と、美織がぱたぱたと足音を立てて、部屋から出ていく。

陽花里と目が合う。なんで美織と一緒なのかを聞きたい。でも、何となく聞くのが躊躇《ためら》われる。いろいろあったので。どうしよう。でも、聞かないのも不自然だよな……。

「……今、おかゆ作ったのわたしじゃなくて美織ちゃんなんだって思ったでしょ」

陽花里はじとっとした口調で問いかけてくる。

ちょっと違う。ちょっとっていうか、だいぶ違います。なので、そんなに不満そうな顔をされても困る。誤解ですよ！　そう言われるまでは何も思わなかったよ！

「わたしは、練習中だから。うん。これから家庭的な女になるの。ていうか美織ちゃんは美織ちゃんで、なんであのキャラで料理できるのって思うけどね。おかしいよ」

「美織ん家は昔から両親共働きだから、おばあさんが作ったり美織が作ったりって感じらしいぞ。まあ、おかゆってそもそも料理って呼べるものなのか微妙だけど……」

「あー、聞こえない。聞こえません。聞こえませんよー」

陽花里は耳を塞《ふさ》いで、駄々っ子のようにいやいやと首を横に振《ふ》る。

「わたしには分かります。美織ちゃんの料理スキルは、男ウケ狙《ねら》ってます」

うんうん、そうだよね、と陽花里は自分で自分の言葉に頷いている。

「男ウケですか」

美織からは相当離れている印象の言葉だな。

「そうだよ。だってずるいもん。あの性格で家庭的って。ギャップ狙いだよ！」

迫真《はくしん》の表情で語る陽花里は、もう真後ろに美織がいることに気づいていないらしい。

まあ、おかゆ取ってくるだけなんだから、そんなに時間はかからないよね。

「陽花里ちゃん。アホなこと言ってないで、そこどいてよ」

美織は苦笑《くしょう》しながら、折り畳《たた》み式《しき》の簡易テーブルを展開する。

その上におかゆとスプーンを置いて、ベッドの傍《そば》に運ぼうとしていた。

「や、やだっ！　美織ちゃんにこのポジションは譲《ゆず》らないよ！」

陽花里は何を勘違《かんちが》いしているのか、俺を手を握《にぎ》って美織に反抗《はんこう》している。

「……陽花里。俺はおかゆを食いたいんだが……」

俺の言葉を聞いて、自分の勘違いを察したのか、陽花里はそそくさと離れていく。

あれぇ？　俺の彼女《かのじょ》ってこんなにアホだったっけ……？

美織は先ほどまで陽花里がいた場所にテーブルを移動させた。

俺は体を起こしてあぐらをかくと、おかゆを手に取って食べ始める。

塩気が利いていて、美味《うま》い。

「……そのテーブル、どこにあったの？」

「ん？　お客さん用に、いつもベッドの下に置いてあるけど……」

陽花里の問いかけに美織は答えてから、はっとしたように弁明を始めた。

「あ、えっと……それは、あれだよ？　確かに置き場は知ってるけど、私が夏希の家に来たのは夏休みが最後だから。それ以降は来てないからね。本当に」

陽花里はその弁明を聞いても、美織をジト目で見ている。

俺が気まずい。俺が気まずいので、そこの二人で争うのはやめてほしい。

ただでさえ体調が悪いのに、胃が痛い。客観的に見ると、学校で一、二を争う美少女二人が俺の看病をしてくれているのに、なぜかしんどい。ほぼハーレム状態なのにあんまり嬉《うれ》しそうじゃないラノベ主人公の気持ちが分かってきたよ。当時は分からなかった。

「信用できないなー。こっそり夏希くんに抱《だ》き着いてたみたいだし」

「そ、それを言われると……何も言えないね。ごめんなさい。うん、ごめん……私が悪いんだ。本当に。陽花里ちゃんには、いくらでも私を責める資格があるから……」

ずーん、と美織の表情が一気に暗くなり、項垂《うなだ》れる。

「お、落ち込まないで！　冗談だから！　それはもう許してるし、大丈夫！」

陽花里は慌《あわ》てたように美織を慰《なぐさ》める。

い、胃が痛い……。厳しいよ。この空間にいることが。

せめて俺をいないものとして扱《あつか》ってくれと願いつつ、無言でおかゆを食べる。

「そもそも、半分は夏希くんが悪いんだからね」

おや？　話の方向性が、おかしなことになってますね……？

「夏希くんが美織ちゃんを誑《たぶら》かしたんだよ！　わたしというものがありながら！」

心にグサッとナイフが突《つ》き刺《さ》さる。

そんなつもりはなかったが、そう見られても仕方ないと思う。

「ひ、陽花里ちゃん？　そんなことないよ？　さっきも説明したと思うけど、私が勝手にやっただけで、夏希は困ってるだけで、何もしてないから。責めないであげて」

どうやら俺が寝ている間に、二人はいろいろと話をしていたらしい。

さっきからやけに仲が良い気がするから、どんな話があったのかは気になるけど、間違《まちが》いなく俺が聞くことじゃないだろうな。とにかく二人が仲直りできてよかった。

「美織ちゃんから、今日に至るまでにあったいろんな話を聞いたけど、夏希くんが恰好《かっこう》つけすぎててムカつくもん！　あれじゃ美織ちゃんも好きになるに決まってるじゃん」

……そんなに大したことしたっけ？　美織の記憶《きおく》の中で美化されてない？

「あの、陽花里ちゃん……恥《は》ずかしいから、もうやめて……」

美織は珍《めずら》しく顔を真っ赤にして、陽花里の肩《かた》を揺《ゆ》さぶっている。

それでも陽花里は「やめないよ！」と、不満そうな顔で俺を睨んでいる。

何となく分かっていたが、今日はどうも陽花里の情緒《じょうちょ》がおかしい。

その不安定さが俺のせいだと言われたら、反論はできないんですけどね。

「だいたい、夏希くんはいつもそうなんだよ！　普段《ふだん》は鈍感《どんかん》なくせに、わたしたちが悩《なや》んでいる時ばっかりすぐに気づいて、強引《ごういん》に助けてくれるし……この女たらし！」

「ぐはっ……」

ナイフが突き刺さっている俺の心に、もう一本追加された。

もしかして看病しに来たわけじゃなくて、とどめを刺しに来たのかな？

「す、すみませんでした……」

よし、ここは体調が悪化したことにして、寝て誤魔化《ごまか》そう。

＊

もう一度目を覚ますと、だいぶ体は軽くなっていた。

上体を起こして、窓の外を見る。空は茜色《あかねいろ》に染まっていた。

時計を見ると、午後五時を回っている。部屋の中では、美織が椅子に座っていた。

美織はぼうっとした様子でスマホを眺《なが》めていたが、俺が起きたことに気づいたらしい。

「……陽花里は？」

「帰っちゃった。これじゃ看病じゃなくて、邪魔《じゃま》しに来ただけじゃんって言いながら」

まあ……それは、そう。ぶっちゃけ。うん。異論の余地がない。

「美織は、ここにいていいのか？」

「私は、夏希が起きるまで残っててねって。強いよね、陽花里ちゃんは」

……言外に、美織を信じていると伝えているわけだ。

「体調はどう？」

「だいぶ治った。これなら明日学校行けるぞ」

「それなら、私も帰ろうかな。他に欲しいものとか、ないでしょ？」

「ああ。ありがとな、おかゆ作ってくれて」

美織は机の上に置いていた鞄《かばん》を掴《つか》み、扉《とびら》に手をかける。

「――例のお願いの件、陽花里ちゃんにも話しておいたから。いつにする？」

「まあ来週末が無難じゃないか？」

「うーん……来週末は私に予定があって、できれば明日がいい」

「明日？　明日って月曜だろ？　平日じゃん」

「どうせ忘れてるんだろうなって思ってたけど、祝日だよ」

マジか。完全に忘れていた。カレンダーを見ると、確かに祝日と書いてある。

「それにしても、急じゃない？　俺、病《や》み上がりだよ？」

「もちろんあなたの体調が悪いならやめるけど、どうする？」

相変わらず強引なやつだ。美織にそういう聞き方をされると、俺はいつも弱い。

「……行くよ。分かった」

「やった。でも本当に、体調が悪かったら教えてね」

そう言って、美織は部屋を去っていった。

というか……話が勝手に進んでいるのはいいけど、俺の予定が空いていると決めつけるのはやめろよ！　……まあ、実際空いてるんですけどね。明日も。

＊

翌朝。九時に地元駅集合だった。

体調は完全に治っている。これなら大丈夫だろう。

旅の準備をして出かけると、すでに美織は駅前で俺を待っていた。

「おはよう。待たせたか？」

「ううん。行こっか」

隣に並んで、歩き出す。そして電車に乗る。

必要以上に近づくことも、距離を取ることもない。俺たちは友達だから。

「修斗《しゅうと》はどこで合流するんだ？」

「昨日、高崎駅に集合って言っておいたよ」

「拓郎《たくろう》と連絡は取れたのか？」

「うん。昔の友達に話聞いて、何とかミンスタのアカに辿り着いたんだよね」

「よく見つけたな、それ」

結構大変だったよ、と美織は肩をすくめている。

――今日の目的は、かつて仲が良かった四人でもう一度遊ぶことだった。

それが美織にお願いされたことで、陽花里が許可したのなら断る理由はない。

俺たちは後悔《こうかい》している。

あの楽しかった日々の終わり方を。

だから、たとえ今更だとしても、もう一度だけでも、あの頃のように。

「昨日の今日で、よく頷いてくれたな。修斗も拓郎も」

あまりにも急すぎる誘《さそ》いだ。美織らしいと言えば、その通りかもしれないが。

「……みんな、私たちと同じ気持ちなんじゃない？」

美織は遠くを見るような目をしていた。

「あの頃に戻《もど》りたいとは、もう思ってない。でも、後悔してるなら、今からでもやりなおせることだってあるでしょ？　むしろ、時間が経った今だからこそってことも」

今を後悔しないように、全力で生きる。

もし後悔していることがあるなら、やりなおす。それが可能な限りは。

美織の行動原理は、とても共感できるものだ。

「──まあ単純にさ、久しぶりに会いたいじゃん。二人に」

そう言って、美織は笑った。

細かい理由など吹き飛ばすように。

「そうだな」

ごちゃごちゃ考えても仕方ない。同窓会のようなものだ。

昔の友達と会って遊びたい。俺たちの動機は、ただそれだけだ。

そのために修斗を連れて、拓郎が住む大阪へと向かう。

「今日のプランは？」

「お昼頃《ひるごろ》にあっちに到着《とうちゃく》して、拓郎と合流して、ご飯食べる。それ以降は考えてないけど明日は学校だから、夕方ぐらいには帰りの新幹線に乗らないとね」

ちょっと慌ただしいけど、仕方ないよな。

流石《さすが》に群馬から大阪は遠い。だいたい三時間半ぐらいかかる。往復でその倍だ。

金額も馬鹿にならないけど、それ以上の価値があると俺たちは信じている。

「降りるよ、夏希」

高崎駅に到着して、電車を降りる。

美織と二人で修斗を待っていると、後ろから声を掛《か》けられた。

「よぉ。久しぶりだな」

自信に満ち溢《あふ》れた不遜《ふそん》な声音。

振り返ると、がっちりとした体格の少年がいた。

黒の短髪《たんぱつ》に爽《さわ》やかそうな顔立ち。幼い頃の面影《おもかげ》を残している。身に纏《まと》っているのは白いシャツとジーンズというシンプルな恰好。スポーツマンって感じの雰囲気《ふんいき》だ。

「──修斗。元気だったか？」

「ああ。夏希も美織も、その様子だと元気そうだな」

気さくに笑いかけてくる修斗。だけど、その笑《え》みは少しだけぎこちない。

多分、緊張しているのだろう。俺も肩に力が入っている。

何しろ、最後は喧嘩《けんか》別れのようになってしまっていたのだ。

久々に会っても、上手く話せるかは分からない。

「というか、よく俺たちだってすぐに分かったな……？」

修斗だと分かったうえで見ると幼い頃の面影があるけど、高崎駅の無数にいる人から探し出せと言われたら、見つけられる自信がない。だけど、修斗に迷いはなかった。

話題探しも兼《か》ねてそれを指摘《してき》すると、修斗は説明してくれる。

「そりゃ美織はミンスタでたまに顔写真とか見かけるし、夏希はこの前、文化祭でライブやってただろ。あれ、俺も現地で見てたから。すごかったな、あのライブ」

「えっ⁉　いたの、お前！　いたなら言ってくれよ！」

衝撃《しょうげき》の言葉だった。

あの観客のどこかに、修斗もいたのか。

「まあ迷ったよ。声をかけるかどうか……でも、今のお前には、周りにたくさんの人がいたし、俺が今更声をかけて、喜んでくれるとも思えなかったから」

修斗も、俺たちのことを気にかけていたようだ。ちょっとだけ安心する。

「だから誘ってくれて嬉しいよ。随分《ずいぶん》急な話だなとは思ったけど」

「だろうな。俺も昨日、明日行くって美織から聞いてびっくりしたよ」

「この思い立ったら即《そく》行動って感じは、めちゃくちゃ美織っぽいと思ったけどな」

「ああ、分かる。こいつは昔からそういう奴《やつ》だったからな」

修斗とそんな会話をして、笑い合う。

美織だけが微妙《びみょう》な顔で俺たちのことを見ていた。

「……悪かったな、あの時は。お前をただの友達としては見れなかったんだ」

修斗はぽりぽりと頭をかきながら、美織に謝《あやま》る。

「今はどうなの？」

「心配するな。ちゃんと彼女もいる」

白い歯を見せながら、親指を立てる修斗。

「じゃあ、もう友達に戻れるの？」

「お前がそれを望んでくれるなら、ぜんぜん俺は構わねえよ」

含《ふく》むところのない笑顔《えがお》だった。

——気持ちが絡《から》む問題は、時間が解決することもある。

『……分かった。じゃあ、待っててね。私の嘘《うそ》が、嘘じゃなくなるまで』

あの時の美織の言葉は、それを期待しているのだろう。

ぎこちなかった空気が、修斗の謝罪から自然になっていく。いや、元に戻っていく。

昔のように和《なご》やかな空気の中で、俺たちは笑い合う。

高崎駅から新幹線に乗った。三席並んで座ると、長い旅が始まる。

昔の思い出話をした。離《はな》れていた時間の話をした。

俺たちとは別の中学に進学した修斗は、今は高崎の東高《ひがしこう》に通っている。

修斗は小学生時代からサッカーが上手かったけど、今も部活で続けているらしい。

新幹線の三時間半は、あっという間に過ぎ去った。

「おーい、みんな。久しぶりだな！」

新大阪駅に着くと、拓郎はぶんぶんと手を振りながら駆《か》け寄ってきた。

「わざわざ来てくれてありがとな。今日来るって聞いた時はびっくりしたけど」

拓郎は昔の印象からそこまで変化がなかった。ただ、横に成長していた。

要するに、めちゃくちゃ太っていた。

「いやぁ、ダイエットしようとは思ってるんだけどな」

拓郎は自分の腹を叩《たた》きながら、はっはっは！　と大きな声で笑い飛ばしている。

昔から少し太ってはいたけど、まさかここまで成長するとはな……。

「みんなは結構変わったな。修斗はめっちゃスポーツマンになったし、美織はすげー美少女になってるし、夏希も……なんだろ、イケメンになったけど、それ以上に、雰囲気に自信がある。昔は、いつも慌てて美織の後を追いかけてる感じだったのにな」

拓郎はしみじみと、昔を懐《なつ》かしむように呟《つぶや》いた。

見た目に大きな変化がない拓郎も、何というか雰囲気に落ち着きが出ている。

当然、拓郎も俺たちとは別の時間を過ごす中で成長しているのだろう。

「……で、どうする？　昼飯、食ってないんだよな？」

「ああ。もう腹と背中がくっつきそうだ。何でもいいから食いてえ」

拓郎の問いかけに、修斗がお腹《なか》をさすりながら返事をする。

「どうする、美織？」

だから俺は美織に決断を委ねた。昔のように、俺たち三人が美織を見る。

「みんな、覚えてないの？　大きくなったら、みんなで焼肉を食べようって約束」

突然《とつぜん》美織がそんなことを言い出したので、修斗と拓郎を見る。

二人とも、身に覚えのない顔で首を横に振った。だから俺は代表して言う。

「そんなしょうもない約束をいちいち覚えてるわけないだろ」

「はぁーっ⁉　ムカついた！　全員覚えてないの⁉　ウザ！　本当にウザッ！」

怒りで肩を震《ふる》わせながら、ずんずんと先に進んでいく美織。

美織は事あるごとに約束をしたがるからな。流石に全部は覚えてないよ。

「……ていうかあいつ、どこに行く気だ？」

「知らん。適当に歩けば焼肉屋があると思ってそうだな」

俺の問いかけに、修斗は肩をすくめる。

「ああ、焼肉屋なら美味《おい》しいところ知ってるから、案内するよ」

拓郎はのんびりした口調で言った。

「そいつは助かるけど、とりあえず美織を連れ戻さねえと」

修斗は駆け足で、美織の後を追った。

拓郎と俺だけがその場に残る。少しだけ沈黙《ちんもく》があった。

人が行き交《か》い、がやがやとした喧騒《けんそう》が飛び交う中で、拓郎が口を開く。

「俺が転校してから、三人で遊んでたってわけでもないんだろ？」

「……ああ。修斗と会ったのは、小学校卒業以来だ」

「……そうだろうな。俺が転校する直前は、もう一緒にはいなかったからな」

拓郎はそう言ってから、「夏希と美織は？」と尋ねてくる。

「俺と美織は中学が一緒だった。中学の時はあんまり話してないけど、高校も一緒だったから、もう一度仲良くなった。その流れで、叶《かな》うなら昔の四人でもう一度遊びたいって話になって、美織がとんでもない行動力を発揮した結果、今こうなってる」

本当はいろいろなことがあった。でも要約すると、だいたいこんな感じだろう。

「俺も、お前らに会いたいとは思ってた。でも気まずい感じのまま転校したから、今どうなっているのか分からないし、声をかけづらかった。まあ小学校の時はスマホも持ってたなかったし、頑張《がんば》って探さないと連絡《れんらく》手段がなかったってのもあるけどな」

だから、この誘いは嬉しかったよ、と拓郎は続ける。

「そっちに三人いるし、本当は俺が行ってやりたかったけどな。今、金欠なんだよ」

「急に行くって決めたのは美織だし、それは気にしなくていいよ」

そんな会話をしているうちに、修斗と美織が戻ってくる。

拗ねたような態度の美織だけど、何とか修斗が説得したらしい。

それから、拓郎お薦《すす》めの焼肉屋に行った。

昔話に花を咲《さ》かせながら、次から次へと肉を焼いていく。

焼いた端《はし》から、修斗と拓郎が腹に入れていった。デブとスポーツマンの食欲やばい。

俺と美織もそれなりに食べる方だと思うが、この二人には敵《かな》わないな。

「──だいたいよ、俺の気持ちだって察してほしいもんだぜ。こっちはフラれて泣きそうなのに、友達でいてくれるかどうかってことばっかり気にしてるんだぜ、こいつ」

牛肉をトングで掴みながら、修斗はそんな風に語る。

時間が経った今だからこそ、言えることもある。

「ご、ごめんって。それは何度も謝ったじゃん。あの時は恋《こい》とかよく分かんなくて……」

「それこそよく言うよなぁ？」と、修斗は拓郎に話を振る。

拓郎はうんうんと頷《うなず》きながら「間違いないな」と修斗に同意する。

「お前、夏希のこと好きだったじゃねえか。どう見ても」

修斗の言葉に、美織は「なっ……」と、頬《ほお》を紅潮させながら絶句している。

俺たちにはタイムリーな話題だ。美織の反応のせいで、微妙に気まずい空気になる。

「……やっぱ、そうなの？　美織って昔から俺のこと好きだったの？」

「意識はしてなかったと思うけど、間違いなくそうだろ。何をやるにも、まず夏希だったからな。それを傍でずっと見せられる俺の気持ちにもなってくれ。きついぞー」

「あれを見たら俺も、修斗が距離《きより》を置きたがるのは仕方ないと思ったな」

うんうんと頷き合う二人を見てから、美織を見る。

めちゃくちゃ顔が真っ赤になっていた。何なら涙目《なみだめ》だった。

「……あのさ、ぶっちゃけ聞いてもいい？　お前らって今、付き合ってんの？」

修斗は、意を決したような感じで問いかけてくる。

まあ同じ高校に通っていて、仲が良いわけだからな。その疑問が生じるのも分かる。

「いや、付き合ってないよ。それに、彼女もいるからな」

「おいおい、修斗だけじゃなくて夏希もか。どいつもこいつも……」

拓郎が嘆《なげ》きながらも、白いご飯にがっついている。

「あー、やっぱりそうか。文化祭ライブの時の、好きな女の子に捧《ささ》げるってやつ、別の子だよな。歌詞があんまり美織に向けた感じに見えなかったし、そうだよなぁ……」

「え、なに文化祭ライブって？　その話面白《おもしろ》そうだな？」

納得《なっとく》した顔の修斗の呟きに、拓郎が興味深そうに飛びついている。

修斗は俺の文化祭ライブを見た時のエピソードを語る。

普通《ふつう》に俺が恥ずかしいからやめてほしい。ちょっと決めすぎた自覚はあるよ！

「夏希、やるな。いいなぁ、青春してるなぁ～」

にまにまと笑いながら、拓郎は俺の肩を叩いてくる。

「おい、彼女の写真見せてくれよ」と横から修斗がお願いしてくるので、仕方なくスマホの画像フォルダを開いて、陽花里とのツーショット写真を見せる。

「はぁ⁉　超絶《ちようぜつ》美少女じゃねえか⁉」

「許せない。俺はお前を許せないぞ、夏希」

「お、落ち着け、拓郎。その巨体《きよたい》で迫《せま》ってくると冗談《じようだん》でも怖い！」

そんなやり取りを経てから、修斗は「でも意外だな」と、ぼやくように言った。

「俺はてっきり、普通にお前らがくっつくのかと思ってたよ」

「ああ、俺もそうだな。夏希も、多分美織のこと好きだっただろ？」

「……まあ、今思えばって感じだけどな。初恋《はつこい》だったから、あんまり自覚なかった」

そう答えると、「まあ小学生の時の話だからなぁ」と、拓郎が話をまとめた。

美織が隣《となり》で居《い》心地《ごこち》悪そうに身じろぎしている。

「あの時の恋を今でも続けてるなんて、流石にないよな」

「漫画《まんが》やドラマじゃないんだから、現実味ないだろ。逆に重くね？」

はっはっは！　と修斗と拓郎が笑い合っている。

しばらく黙《だま》っていた美織が、耐《た》えかねたように言った。

「——フラれたけど、何か？」

修斗と拓郎は相当驚《おどろ》いているのか、目を点にして口を開けている。

「ずっと好きだったけど最近までそれに気づかなくて、夏希に恋人《こいびと》ができた後にようやく気づいて、今更《いまさら》告白してフラれたけど何か文句ある⁉　てか一昨日の話だけど‼」

美織はヤケクソ気味に叫《さけ》んだ。酒でも飲んだようなテンションだ。

ここ焼肉屋なので騒《さわ》がしいけど、流石にもうちょい声量を下げた方がいいと思う。

あまりの驚きに停止していた二人は、突如《とつじょ》として腹を抱《かか》えて笑い出す。

「はっはっは！　なるほど！　そういう感じか！　はっはっは！　道理で、なんか妙《みょう》な距離感だなと！　そりゃ昨日フラれてるなら、気まずい感じになるよな！」

「つーか、あの状態から付き合えないって、恋愛下手《れんあいべた》すぎない？」

「……言わないで。自覚はあるから」

「百歩譲ってタイミング逃《のが》したとしても、なんで今、恋人いるのに告白したんだよ。成功するわけないだろ。文化祭から付き合ってるなら、アツアツの時期じゃねえか」

「ちゃんと終わらせて諦《あきら》めたかったの！　友達に戻りたかったんだよ！」

修斗のド正論を受けて、美織は駄々《だだ》っ子のように咆《ほ》える。

俺《おれ》が気まずいです。非常に。俺が。何を言ったらいいのか分かりません！

「……それで、友達に戻れそうなのか？」

真剣《しんけん》に問いかけた修斗に対して、美織は「う……」と唸《うな》ってから答える。

「……今、努力中」

「自信なさげな答えだな。ま、時間が解決するさ。俺もそうだった」

「本当？　時間が経てば、ちゃんと消えてくれるのかな？」

美織は不安そうな表情で修斗に問いかける。

拓郎が生温かい目で俺を見ながら、口パクで「罪な男だな」と伝えてきた。

うるさいな。分かっているつもりだよ、一応。

「しばらく離れてりゃ間違いなく消えるけど、同じ学校だもんなぁ」

「ごめん。距離を置くのは、今のところ考えてない」

美織の言葉に、修斗が「え、そうなの?」と驚いたように問い返す。

「夏希が、友達をやめる気はないって言うから……自分で何とかしろって……」

修斗と拓郎が、「お前さぁ……」みたいな顔で俺を見ている。

無茶苦茶《むちゃくちゃ》なことを言っている自覚はある。でも仕方ないじゃん。美織が友達でいることは俺の『虹色《にじいろ》の青春』という目標に直結しているんだから(自己中心主義)。

「ひでぇ男を好きになったもんだ」

「はっはっは! でも、夏希らしいわがままだな!」

焼肉屋を出た後も、適当なカフェを見つけて、俺たちは話し続けた。

過ぎ去った時間を取り戻すように、笑い合った。

拓郎はこう見えて大阪で一、二を争う進学校に通っているらしい。

腹がここまで膨《ふく》れ上がったのも勉強のストレスにやられた結果だそうだ。

東京大学を目指しているようで「合格したら会いやすくなるな」と拓郎は笑った。

それぞれの道がある。今日が終わった後も、それぞれの未来を歩いていく。

だけど、たまには道を外れて、今日のように、旧交を温める機会があればいいと思う。

終わりの時間は、すぐに訪《おとず》れた。

帰りの新幹線の時間が近づいている。

俺たちは駅で、拓郎と向かい合った。別れを惜《お》しむような沈黙があった。

「今度は、俺がそっちに行くよ」

拓郎は白い歯を見せて、重い空気を取り払《はら》うように言った。

「また会おうな。また四人で遊ぼう」

「そうだな。今日は急で時間もなかったし、今度はちゃんと計画しようぜ」

「四人で旅行とかもありだよなぁ」

そんな俺たちのやり取りを見て、美織は頬を緩《ゆる》めた。

「じゃあ、約束だよ。絶対、もう一回……ううん、何回でも、遊ぼう！」

そうやって、俺たちはかつての友達を取り戻した。

帰りの新幹線に乗って、俺たちは修斗に恋愛のコツを教わりながら過ごした。

どうやら美織のあまりの恋愛の下手さを見かねたらしい。その美織が俺に恋愛のアドバイスをしていたと知った修斗は、ひとしきり笑った後に、頭を抱えていた。

「そもそもお前は、何を根拠《こんきょ》に夏希にアドバイスをしていたわけ？」

「それは、ネットとか漫画とか、友達の話とか……」

「修斗も知ってるだろ。こいつ昔から強がって見栄《みえ》張るんだよ」

「そんな私を頼《たよ》りまくってたくせに」

「まあ俺よりはマシだと思ってたから……」

そんなやり取りを経て、高崎駅に辿《たど》り着く。

「じゃあ、また今度な。美織も、新しい恋を見つけろよ」

「言われなくてもそうするから！」

修斗はひらひらと手を振りながら去っていった。

さよなら、ではなく、また今度という挨拶《あいさつ》を、嬉《うれ》しいと思う。

「俺たちも帰るか」

「うん。そうだね」

今日は楽しかった。世界が鮮《あざ》やかに見えた。

きっと、これは虹色の青春の一幕と呼べるだろう。

……でも流石に、往復七時間の新幹線は疲労《ひろう》が溜《た》まる。

さっさと帰って、体を休めよう。一応は病み上がりだからな。

すでに午後八時を回っている。祝日の夜ということもあり、電車内の人気は少ない。

美織は、ぼんやりした様子で窓の外を眺めていた。俺も何も喋《しゃべ》らなかった。

電車に揺られているうちに、地元駅に辿り着く。

ここから俺たちの家までは、まだ十分以上は歩く。

だけど、前を歩いていた美織はくるりと振り返り、俺と向き合った。

「──私、コンビニ寄るから。ここで別れよっか」

それが美織なりの線引きだった。流石の俺でも、そのぐらいは理解できた。

「分かった……じゃあ、また明日、学校でな」

俺は、立ち止まっている美織を通り過ぎて、歩いていく。

「──夏希！」

名前を呼ばれる。振り返る。美織は笑っていた。

俺の手を引いたあの頃《ころ》と同じように、太陽のように輝《かがや》く笑顔だった。

「私、新しい恋を見つけるから。それは、怜太《れいた》くんかもしれないし、他の人になるかもしれないけど、幸せになるために頑張るから。……今度は、後悔しないように」

力強い言葉だった。

これなら、心配いらないなと思えるぐらいに。

「頑張れ、美織。俺なんかより、良い男はたくさんいるよ」

美織は「そうだね」と頷き、肩をすくめる。

「なんか、目が覚めちゃったなー。よく考えると、なんで、あなたのことを好きだったんだろうね？　友達としてはいいけど、男としては全然頼りないからねー」

「おい、いきなり事実を羅列《られつ》するな。俺の心はガラスだぞ」

早口で反論すると、美織は「ばーか」と舌を出して、表情を消す。


「――私はもう、あなたに恋はしていない」


そして、真に迫るような口調で断言した。

一瞬《いっしゅん》でも、それが本当だと思ってしまうぐらいに。

「だったら、もう心配ないな。俺たちはちゃんと友達でいられる」

この嘘が、嘘じゃなくなるまで貫《つらぬ》き通す。

それが美織の覚悟《かくご》なら、俺もこの嘘が終わるまで、騙《だま》され続けよう。

「うん。これからもずっと、私たちは友達だよ」

またね、と美織は大きく手を振る。

俺も軽く手を挙げて答えると、今度こそ背中を向けた。

足音は聞こえなかった。だけど俺は振り返らずに家まで歩いていった。

今日はいつもより少しだけ暖かい。穏《おだ》やかな風が、俺の肩を吹《ふ》き抜《ぬ》けていった。

終章　灰色の冬

翌日は昨日の暖かさが嘘のように、一気に冷《ひ》え込《こ》んだ。

天気予報は冬の到来《とうらい》を告げている。気温は今日から一桁《けた》のようだ。

コートにマフラーという完全防備で、学校に到着する。

教室に向かっていると、珍しく廊下《ろうか》にみんなが集まっていた。

「おう、夏希《なつき》」

竜也《たつや》が俺を見つけて声をかけてくる。

みんなの中心では、美織《みおり》は居心地悪そうに項垂れていた。

「何やってんだ？」

珍しくウキウキした様子の七瀬《ななせ》が答えてくれる。

「今、本宮《もとみや》さんから事態の経緯《けいい》を詳《くわ》しく聞いているところよ。ねえ？」

「……まあ、みんなにはご心配をおかけしましたので、説明ぐらいは、はい……」

「お前はお前でキャラおかしいだろ。どういうテンションなの？」

やたらと美織が卑屈《ひくつ》になっていた。

「言い方悪いけど、ぶっちゃけ黒歴史だよね」

芹香《せりか》が端的《たんてき》に言った。おい、言い方が悪いにも程《ほど》があるだろ！

言い方が悪いって前置きをつければ許されると思ってるんじゃねーぞ！

ほら、今にも美織が倒《たお》れそうになってるじゃん！　こいつメンタル弱いんですよ⁉

「ミオリン、今日から部活にも復帰するんだよね？」

「は、はい……一応、そのつもりなんですけど……すみません……」

ニコニコしているけど目が笑っていない詩《うた》と、びくびくしている美織。

何というか、奇妙《きみょう》な光景だ。

「やっぱり、女バスのみんなにもちゃんと何があったのかを説明しといた方がいいと思うんだけど、どうかな？　若村先輩《わかむらせんぱい》たちとか、喜んで聞いてくれると思うな！」

詩は笑顔で、そんなことを言う。

まあ、目に浮《う》かぶなぁ……。あの先輩たちが嬉々《きき》として美織を弄《いじ》り倒す光景が。

というか、電話した時も思っていたけど、詩がずっと怒《おこ》っている。

「詩ちゃん、そろそろ許してあげなよ」

陽花里《ひかり》が苦笑《くしょう》しながら、詩を宥《なだ》めようとする。

「だってミオリン、あたしに何の相談もしてくれないんだもん。あたしはミオリンにいろいろ相談してたし、一番仲良いと思ってたのに、ひとりで勝手に追い込まれて！」

詩は唇《くちびる》を尖《とが》らせて、愚痴《ぐち》を言う。

「まあ、今更あたしに相談できない理由もちょっとは分かるけどさ」

詩はため息をついた。それから、美織に勢いよく抱《だ》き着く。

「でも、心配したからね！　本当に！」

美織は頬を緩めて、胸に顔を埋《う》めている詩の髪《かみ》を撫《な》でる。

「……ごめんね、詩。ちゃんと反省してるから」

そんな美織は、「わたしも！」と、後ろからも陽花里に抱き着かれる。

サンドイッチ状態だ。羨《うらや》ましい。おっと、本音が出た。息苦しそうですね、うん。

一歩離れたところで、その光景を見ていた。

周りが俺たちのことを見ているのは分かっていた。

実際、朝っぱらからこんなに騒いでいるのだ。注目されるのは分かる。

「本宮さんだ」

「よかった。無事だったんだね」

二人の女子生徒から、そんな声が聞こえてくる。

美織の行方《ゆくえ》不明情報も、少しは出回ってしまったらしい。

見つかった後は美織のためにも、俺たちの間だけで留《とど》めようとしたが、警察から担任の先生や女バスの顧問《こもん》にも連絡が飛んでいるから、完全に抑《おさ》えるのは不可能だった。

まあ、すでに解決している話だし、すぐに噂《うわさ》も沈静化《ちんせいか》するだろう。

そんな風に楽観していた俺は——直後に、耳を疑った。

「可哀想《かわいそう》だよね、本宮さん」

「うん。白鳥《しらとり》くんが付き合えって脅迫《きょうはく》してたんでしょ？」

言葉の意味を、理解できなかった。

「本当は別の人が好きだったのに、無理やり付き合わされてたんだって」

「確かに、あんまり嬉しそうにはしてなかったよねー」

ひそひそと、美織を見ながら話している。

誰《だれ》もが美織に同情するように。そして、白鳥怜太《れいた》を責めるように。

「俺はなんか胡散臭《うさんくさ》いと思ってたんだよ、あいつ」

「分かる。悪い噂なさすぎて怪《あや》しかったから、むしろ納得したわ」

一組の男子生徒が軽口を叩いて笑い合っていた。

決して数が多いわけじゃない。だけど確かに、似た話をしている人がいる。

「本当なのかなぁ？　私はそんな人だと思えないけど……」

「これ見てよ。昨日の夜に回ってきたんだけど、ヤバいよ」

──何かがSNSで出回っている？　そう気づいた瞬間《しゅんかん》、スマホが震えた。

山野《やまの》からの個人チャットだった。


山野『今すぐ見てください。白鳥先輩について、こんな投稿《とうこう》がバズってるっす』

送られてきたURLを踏《ふ》むと、ミンスタに飛んだ。

投稿されているのは動画だった。そこには確かに怜太が映っている。

どうやら陰《かげ》からこっそり撮《と》った動画のようだった。路地裏だろうか。狭《せま》い場所にガラの悪そうなヤンキーが集まっていて、その真ん中になぜか怜太が座《すわ》っている。

『怜太さん、最近彼女《かのじょ》さんとはどうなんすか？』

『別れたよ。元々、脅《おど》して付き合ってたようなものだからね。未練はないさ』

そんなやり取りが映り、数秒後に動画は途切《とぎ》れた。

『ヤバいもん撮っちゃった』と投稿者《とうこうしゃ》がコメントしている。

その投稿にはいくつものコメントがついていた。怜太を批判する内容だった。

昨日の夜から一瞬で、この噂の広まりの早さに、誰かの手を感じる。

「あいつ……」

一昨日の怜太とのやり取りを思い出す。

あの時の怜太は、どう見てもいつも通りじゃなかった。

だから今日来る時も、心配していた。喧嘩別れのような感じになってしまったし、どうすれば仲直りできるかと考えていた。でも何だかんだ大丈夫《だいじょうぶ》だろうと楽観していた。

「なんか、空気がおかしくない……？」

「確かにな。妙に見られてねえか？　何もしてねえぞ、俺たちは」

陽花里が周囲を見回す。竜也が怪訝《けげん》そうに眉《まゆ》をひそめた。

「……そういうことね」

スマホを見ていた芹香が、表情を歪《ゆが》めた。

おそらくは山野からチャットが飛んだのだろう。

「どうしたの？　みんな」

美織は不思議そうにしている。だけど、何と答えたものか。

そうこうしているうちに、始業の鐘《かね》が鳴った。説明している時間はないようだ。廊下にいた人々が教室に流れていく。俺たちも、その波に乗らざるを得なかった。

席に座る。
教室は妙にざわついていた。
怜太は――どこにもいなかった。
誰も座っていない空席に注目が集まっていた。
担任教師が教室に入ってくる。
「今日の朝礼だが、まず報告事項《じこう》があります」
教壇《きょうだん》の前に立った担任教師は、淡々《たんたん》とした口調で告げた。
「――白鳥くんは暴力事件を起こしたので、一週間の停学となりました」
例の投稿の真実味《しんじつみ》を増すような最悪の知らせだった。
寒さは徐々《じょじょ》に厳しさを増し、冬が訪れる。
吐《は》く息は白く、風も冷たい。木々の枯《か》れ葉《は》は散って、枝だけが残る。
冬がさまざまな彩《いろど》りを消し去り、いつの間にか、世界は灰色の風景に変わっていた。

あとがき

ようやく作中時期と現実の発売時期が一致しましたね。

というわけで、お久しぶりです。雨宮和希《あまみやかずき》です。

今回は本宮美織《もとみやみおり》の物語でした。彼女の扱いについて、正直なところ最初から決めていたわけではないのですが、しかし四巻を書いた段階で方向性は決定づけられました。

後悔と恋を描いた第六巻、いかがだったでしょうか。

灰色に終わった過去をやりなおそうとした少年と、虹色に輝いていた過去に戻りたいと言った少女。それは、似ているようで違う願いだと思います。

加えて言えば、過去から地続きの今を生きている美織と、未来からタイムリープしてきた夏希《なつき》には埋めがたい温度差がありました。夏希もまた、彼女と過ごした幼い日々の記憶は虹色に輝いていたと思っているけど、だからこそ細かくは覚えていません。

夏希を突き動かしているのは、あくまで過去の後悔ですから。

「表紙、雨と美織だと最悪で良いと思います！」と提案したところ、最悪（最高）の表紙がここに爆誕しました。雨に濡れた美織、なんて美しいんだ……素晴らしい……。

今回はあとがきを3ページもいただけるということで、正直なところ段々と語ることがなくなってきているわけですが、せっかくなので近況でも語ろうかと思います。

やっぱり物語を作る仕事で生きていきたいな、と常々思います。私は作家業とはまったく関係のない本業を持ち、兼業作家として日々を過ごしているのですが、つまり一日の八割ぐらいは本業に時間を取られてしまいます。書きたい物語はたくさんあるのに、書く時間が足りない。ついでに言えば、ゲームもしたいし、漫画も小説も読みたいし、アニメも見たい作品がたくさんあるんですが……とにかく時間が足りません。

最近は、「無駄な時間」というものを、なんとなく恐れているようにも感じます。

時間が足りないのだから、使える時間の中で、できるだけ効率よくやりたいことをやるしかない。その日々は充実している気もしますが、余白に欠ける気もしています。

一見すると無駄に思えるような時間が、小説の文章に彩りを加えると思います。日々の効率化が、感性を削っているように思えます。それはなんとなく悲しいです。

ぶっちゃけた話、兼業作家をしていると稼ぎはかなり安定します。このまま続けていけるのだったら、将来金銭的な不安を抱くことはないだろうとも思います。

けれど、ずっとこのままでいいのか？　と聞かれると、答えに迷ってしまいます。

最近はそろそろ人生の道を決めるべきなんじゃないか？　と自問しています。

何を選ぶにしろ、後悔のないように生きていきたいと思います。

謝辞に移ります。担当のNさん、今回もまるで〆切などなかったかのような進行、誠に申し訳ございません……。毎度毎度ご迷惑をおかけしております。また、イラストを担当してくださっている吟《ぎん》さん、今回も素晴らしいイラストをありがとうございます。表紙が完璧に完全でした。特に、一巻の表紙と対照的なのが非常に良いですよね……。

そして本書に関わってくださったすべての方に、多大な感謝を。

この作品が少しでも貴方の心に響いたのなら、作者冥利でございます。

それでは、今回はこのあたりで。

また次巻や別のシリーズでお会いできることを楽しみにしています。


青春ラブコメも異世界ファンタジーも現代異能バトルも書きたい人生だ。

次回予告

告白を真っ向から断ることで、
無自覚だった初恋に
決着をつけた夏希。
美織に笑顔が戻り
安堵したのも束の間、
怜太が起こした暴行事件の知らせは
仲良しグループに
新たな波紋を生じさせて——

灰原くんの
強くて青春
ニューゲーム
6
2024年、発売予定!!!!
NewGame+ START?
▶Yes No

HJ文庫 https://firecross.jp/
1127

灰原くんの強くて青春ニューゲーム 6

2023年12月1日　初版発行

著者――雨宮和希

発行者―松下大介
発行所―株式会社ホビージャパン

〒151-0053
東京都渋谷区代々木2-15-8
電話　03(5304)7604（編集）
　　　03(5304)9112（営業）

印刷所――大日本印刷株式会社

装丁――coil／株式会社エストール

ISBN978-4-7986-3358-9　C0193

ファンレター、作品のご感想
お待ちしております

〒151−0053　東京都渋谷区代々木2−15−8
(株)ホビージャパン HJ文庫編集部 気付
雨宮和希 先生／吟 先生

俺が告白されてから、お嬢の様子がおかしい。1

著者／左リュウ
イラスト／竹花ノート

恋愛以外完璧なお嬢様は最愛の執事を落としたい！

天堂家に仕える執事・影人はある日、主である星音にクラスメイトから告白されたことを告げる。すると普段はクールで完璧お嬢様な星音は突然動揺しはじめて!?　満員電車で密着してきたり、一緒に寝てほしいとせがんできたり——　お嬢、俺を勘違いさせるような行動は控えてください！